Alex Garmee

Die skandalöse Lust auf glückliche Bananen

AF191263

Alex Garmee

Die skandalöse Lust auf glückliche Bananen

Eine frivole Gesellschaftssatire

Bibliografische Information der
Deutschen Nationalbibliothek:
Die Deutsche Nationalbibliothek verzeichnet diese
Publikation in der Deutschen Nationalbibliografie;
detaillierte bibliografische Daten sind im Internet
über http://dnb.dnb.de abrufbar.

Die automatisierte Analyse des Werkes, um daraus
Informationen insbesondere über Muster, Trends und
Korrelationen gemäß §44b UrhG („Text und Data Mining")
zu gewinnen, ist untersagt.

© 2024 Alex Garmee

Herstellung und Verlag:
BoD – Books on Demand, Norderstedt

ISBN: 978-3-7583-2758-2

Gewidmet den ständigen Bewohnern der Insel Burano. Eure Lebensfreude hat mich begeistert! Bitte verzeiht diese kleine Satire, die völlig frei erfunden ist und sich nicht über Euch, sondern die Menschheit im Allgemeinen lustig macht!

Der Störenfried

«23:59» zeigte der billige Plastikwecker neben Albertos Hotelbett, als es an seiner Zimmertür zaghaft klopfte. Keine fünf Minuten vorher hatte sich der Vierzigjährige schlafen gelegt. «Momento!», rief er genervt, schlüpfte eilig in seine Jeans und streifte sich ein Shirt über. Wütend über die späte Störung seiner Nachtruhe riss er die Tür auf und wurde sogleich durch den Anblick einer atemberaubend schönen jungen Frau besänftigt.

«Bitte entschuldigen Sie die späte Störung, aber können Sie mir eben helfen? An der beknackten Rezeption ist kein einziger Mensch mehr!»

Ohne Umschweife erklärte sie ihm die Lage. Ein irritierendes Geräusch hinderte sie am Schlafen. Es käme irgendwo aus ihrem Schlafzimmer. Albertos Augenbrauen zuckten unbewusst beim Wort «Schlafzimmer», was die junge Frau sofort bemerkte und sogleich klarstellte:

«Keine Sorge, ich bin keine Nymphomanin oder so. Ich möchte nur wirklich gerne schlafen.»

«Stellen Sie sich vor, das würde ich auch gerne», murmelte Alberto, der sich ehrlich wünschte, die schöne Zimmernachbarin wäre *doch* nymphoman veranlagt, als er ihr ins Schlafzimmer ihrer Suite folgte und tatsächlich ein relativ leises, aber doch sehr nerviges Geräusch vernahm. Das leise, aber durch Mark und Bein gehende monotone Piepsen beherrschte den Raum, und es dauerte eine ganze Weile, bis endlich die Quelle identifiziert war: ein Rauchmelder an der ziemlich hohen Schlafzimmerdecke. Offensichtlich defekt, denn es gab hier keinen Rauch. Und überhaupt, sollten Rauchmelder normalerweise nicht eigentlich extrem laut piepsen? Dieser war zwar sehr leise, aber sein monotones Piepsen geriet zu einer zahnschmerzenden Quälerei. Alberto holte einen Regenschirm aus seiner Nachbarsuite, stellte sich unter dem Rauchmelder auf einen Holzstuhl und drückte mit der Spitze seines Regenschirms von unten gegen den kreisrunden Störenfried. Und es ward still! Erleichtert bedankte sich die junge Dame bei Alberto. Sie hätte morgen einen anstrengenden Drehtag und müsse daher dringend schlafen.

«Drehtag? Sie arbeiten bei Film?», fragte er interessiert.

«Nun, ich bin Darstellerin in einer Soap Opera: ‹Passione Milanese›. Wir drehen heute und morgen hier auf Burano», erklärte sie, reckte ihm ihre rechte Hand entgegen und stellte sich vor: «Aurelia Arabica. Sie können gerne ‹Aurelia› oder ‹du› zu mir sagen.»

«Freut mich sehr, dich kennenzulernen. Ich bin Alberto. Tut mir leid, wenn ich vorhin etwas mürrisch war», sagte er und drückte ihre Hand. Aurelia gefiel ihm sehr gut, auch wenn sie einen lächerlichen Jogging-Anzug trug. Ein Umstand, den er nicht so ganz mit ihrer Schauspielkarriere überein brachte. Aber Schauspielerinnen sind ja jenseits der Kamera schließlich auch nur Menschen. Angestrengt überlegte er, was er sagen könnte, um noch ein wenig bei Aurelia zu bleiben. Er befand sich immerhin schon mal in ihrem Schlafzimmer. Gut, sie war einige Jahre jünger als er und sie kannten sich nicht, aber hatten Schauspielerinnen nicht oft Sex-Skandale? Er zumindest wäre sehr bereit für einen Skandal.

Jäh erstickte Aurelia Albertos Hoffnung auf ein kleines Abenteuer im Keim: «Vielen Dank nochmal, mein lieber Alberto. Jetzt muss ich aber wirklich schlafen. Ich wünsche eine gute Nacht.»

Wieder in seiner Suite ging Alberto nicht schlafen, sondern suchte online nach ‹Aurelia Arabica›. Er fand unzählige Treffer und scrollte sich interessiert durch mehrere Webseiten über Aurelia und ihre Soap Opera, bis es wieder an seiner Tür klopfte. Voll neuer Hoffnung öffnete er die Tür. Welche Freude, es war tatsächlich Aurelia. Bekäme er nun etwa doch noch eine Chance auf etwas näheren Kontakt zu ihr? Würde sie sich nun bei ihm bedanken? Vielleicht, indem sie ihn auf einen Drink zu sich einladen würde?

Doch erneut beendete Aurelia abrupt seine Hoffnung: «Tut mir wirklich leid, dass ich schon wieder zu dir komme, aber der Rauchmelder piepst schon wieder und ich komme nicht dran. Selbst wenn ich mich auf den Stuhl stelle, bin ich zu klein. Könntest du bitte nochmal helfen?»

Mit Regenschirm ausgestattet folgte er ihr erneut ins Schlafzimmer und schaltete den Rauchmelder ein zweites Mal aus. Diesmal wurde er sogar noch schneller aus ihren Räumen hinauskomplimentiert als beim ersten Mal.

Wieder in seiner eigenen Suite entledigte er sich seiner Jeans und seines Shirts und warf sich aufs Bett. Nun, er war Enttäuschungen gewohnt. Zwar war er weder dick noch hässlich, trotzdem schien er leider einfach kein Frauentyp zu sein. Zum Einschlafen war er jetzt viel zu aufgekratzt. Also surfte er noch ein wenig im Internet und sah sich die vielen Fotos der schönen Aurelia an. Gerade als er ein aufregendes Bikini-Foto von ihr entdeckte, klopfte es wieder an der Tür. Ohne eine erneute Erklärung seiner Nachbarin abzuwarten, griff er sich ein weiteres Mal den Regenschirm, öffnete die Tür und rief genervt: «Lass mich raten: Der Rauchmelder?»

«Ja, tut mir wirklich leid!»

Diesmal folgte er ihr nicht, sondern marschierte direkt an Aurelia vorbei und schlug zum dritten Mal den nun bekannten Weg in ihr Schlafzimmer ein.

«Möchtest du dir nicht schnell noch was anziehen?», rief sie dem lediglich mit schwarzen Boxershorts bekleideten Alberto irritiert hinterher.

Wieder auf dem Holzstuhl stehend drückte er erneut mit der Schirmspitze gegen den Rauchmelder.

«Kannst du den Rauchmelder vielleicht irgendwie abmontieren? Sonst fängt er bestimmt gleich wieder an zu piepsen», bat Aurelia.

«Wie soll ich denn das machen? Der hängt einfach zu hoch, da ist kein Rankommen.»

«Ach je, wenn du doch nur größer geraten wärst, dann könntest du das blöde Ding einfach runterschrauben», jammerte sie.

Das war zu viel für Albertos Stolz! Er wäre also nicht groß genug? Wütend drehte er den Schirm um und schlug mit dessen Griff so lange fluchend gegen den Rauchmelder, bis dieser herunterfiel. Aurelia öffnete ein Fenster und warf den Rauchmelder ins Wasser des Kanals vor ihrem Hotel.

«Cazzo! Dämlicher Schrotthaufen!», rief sie der im Wasser versinkenden Leiche aus Plastik hinterher.

«Jetzt können wir beide endlich schlafen», meinte Alberto und verließ ohne weiteren Kommentar Aurelias Zimmer. Auf dem Flur wäre er beinahe in die beiden 22-jährigen Studentinnen Gianna und Luna hineingelaufen, die seit einem Tag das Hotelzimmer gegenüber belegten. Grinsend kuckten die beiden auf seine Boxershorts, bevor sie ihr Zimmer gegenüber betraten.

Wie ein Pferd

Neugierig kuckte Gianna durch den Spion ihrer Hotelzimmertüre und konnte sehen, wie Aurelia, die sie sofort aus der Serie Passione Milanese erkannte, an Albertos Tür klopfte. Durch die dünne, hellhörige Tür konnten die beiden Studentinnen Aurelia sagen hören:

«Alberto, bitte, nur noch ein einziges Mal.»

Gianna beobachtete, wie Alberto, noch immer lediglich mit Boxershorts bekleidet, seine Türe öffnete und rief:

«Vier Mal in einer Nacht?»

«‹Vier Mal in einer Nacht›, hast du das gehört, Luna?», fragte Gianna flüsternd ihre Freundin.

«Das traut man dem Typ gar nicht zu, der muss ja potent sein wie ein Pferd», kicherte Luna, und zwar genau in dem Moment, als Aurelia zu Alberto sagte, er möge sie noch ein letztes Mal in ihre Suite begleiten, sie würde ihm gerne zum Dank einen wirklich edlen Rotwein schenken. Und außerdem hatte er ja noch seinen Schirm bei ihr vergessen. Ein letztes Mal folgte Alberto in Unterhosen der schönen Schauspielerin in deren Suite, unter den neugierigen Blicken von Gianna. Nachdem Alberto und Aurelia die Türe hinter sich geschlossen hatten, erzählte Gianna ihrer Freundin, dass sie Aurelia Arabica aus der Serie Passione Milanese erkannt hatte.

«Du verarscht mich!», rief Luna erstaunt. «In ihrer Serie spielt sie doch so eine ganz brave. Und im wirklichen Leben treibt sie es viermal hintereinander in einem Hotel?»

Gianna und Luna gingen in den Schlafraum, hockten sich auf den Rand ihrer beiden auseinander gestellten Betten und redeten noch eine Weile über die Schauspielerin Aurelia Arabica, über die Soap Opera, in der diese mitwirkte und darüber, wie rar gesät doch ausgerechnet die Männer wären, die vier Mal in einer Nacht konnten.

«Irgendwie ungerecht», meinte Gianna. «Diese Schauspielerinnen kriegen offenbar einfach alles. Sie ist doch schon berühmt und bestimmt auch reich. Und vermutlich genau jetzt kriegt sie zu allem Überfluss zum vierten Mal Sex in einer Nacht. Ganz ehrlich, da wird man schon ein bisschen neidisch.»

«Zugegeben, es sah schon sehr sexy aus, mit welcher Lässigkeit dieser Alberto seine Boxershorts trug. Aber mal ehrlich, optisch ist er nicht gerade ein Highlight», relativierte Luna.

«Tu doch nicht so, als würdest du *den* von der Bettkante schubsen», lachte Gianna und ergänzte: «Ich finde, dieser Alberto hat das gewisse etwas. Richtig sexy ist er. Aufregend. Interessant. Geheimnisvoll.»

Nachdem sich Gianna und Luna schlafen gelegt hatten, dachten sie noch lange und intensiv an Alberto.

Zu dieser Zeit war Alberto längst wieder in sein Zimmer zurückgekehrt. Aurelia hatte in dieser Nacht zum allerletzten Mal seine Hoffnungen auf eine Annäherung, oder gar ein Abenteuer, zerstört. Sie hatte ihm erzählt, dass sie das Hotel bereits am nächsten Morgen sehr früh verlassen würde, um erst vormittags zu drehen und dann am Nachmittag nach Málaga zu fliegen, da sie drei Wochen Urlaub in Andalusien verbringen wollte. Er würde sie also aller Wahrscheinlichkeit nach nie wieder sehen, außer im Fernsehen natürlich. Nun, wenigstens hatte sie sich mit einer Flasche Rotwein bedankt. Angeblich ein sehr edler Tropfen. Alberto zweifelte daran, als er den letzten Schluck aus der Flasche nahm. Bestimmt würde er morgen einen gewaltigen Kater haben und den ganzen Vormittag schlafen. Es war ihm egal.

Nachdem sich Gianna und Luna am nächsten Morgen an einen Tisch im Saal mit dem Frühstücksbuffet gesetzt hatten, konnten sie durch die weit geöffnete Tür zur Lobby beobachten, wie die Schauspielerin Aurelia Arabica gerade von mehreren äußerst geschmacklos gekleideten Leuten, offensichtlich Mitarbeitern ihrer Fernsehserie, abgeholt und nach draußen begleitet wurde. Aurelia und ihrer Entourage nachblickend, meinte Luna:

«Sie sieht so richtig glücklich aus», worauf Gianna trocken sagte:

«Klar, nach so viel Sex würde ich genauso glücklich aussehen. Dieser Alberto muss ein fantastischer Liebhaber sein. Wo ist der überhaupt? Ich hab den eben gar nicht gesehen.»

Luna grinste: «Na, der ihr hat doch die ganze Nacht lang reihenweise Höhepunkte verschafft. Der muss doch total erschöpft sein und wird heute bestimmt lange schlafen.»

Die Hotelangestellte Luisa hatte sich zwischenzeitlich dem Tisch der zwei frechen Studentinnen genähert, eigentlich nur um zu klären, ob die beiden lieber Tee oder Kaffee zum Frühstück wünschten. Luisa hatte gelernt, die Gespräche der Hotelgäste nicht zu unterbrechen und diskret wegzuhören. Doch dieses Gespräch war einfach *zu* interessant gewesen! Es gab aktuell tatsächlich einen Gast namens Alberto, der ihres Wissens direkt in der Suite neben dieser selbstverliebten Fernseh-Schauspielerin logierte. Aber woher wollten ausgerechnet diese beiden jungen und nicht gerade weltgewandten Touristinnen wissen, dass Alberto der Schauspielerin angeblich «reihenweise Höhepunkte verschafft» hätte? Luisa fiel ein, dass die beiden das Zimmer genau gegenüber von Alberto und dieser Möchtegern-Weltstar-Schauspielerin belegten. Offensichtlich war die arrogante Aurelia Arabica beim Liebesspiel so laut, dass die beiden frechen Studentinnen sie gehört hatten. Ja, das musste es sein.

Schließlich hatte Luisa selbst schon unzählige Male lautes Gestöhne und hemmungslose Lustschreie im Hotel mitangehört.

«‹Reihenwese Höhepunkte› hatte die eine gesagt», dachte Luisa und fragte sich, wie oft es Aurelia wohl gekommen sein mag. Eigentlich machte dieser Alberto auf sie bislang nicht gerade den Eindruck eines sensationellen Liebhabers. Offensichtlich hatte sie Alberto diesbezüglich gewaltig unterschätzt. Jetzt musste Luisa sich aber zusammenreißen und ihre Professionalität kehrte zurück:

«Meine Damen, bitte wahren Sie die Diskretion in unserem Haus. Wünschen die Damen Kaffee oder Tee?»

Später, Gianna und Luna hatten schon lange ihr Frühstück beendet, warf Luisa einen gründlichen Blick auf Alberto, der gerade erst den Frühstückssaal betreten hatte. Tatsächlich sehr viel später als gewöhnlich, die zwei frechen Studentinnen hatten also ganz offensichtlich die Wahrheit gesagt. Müdigkeit und Erschöpfung zeichneten Albertos Gesicht. Offenbar hatte ihm diese Schauspieler-Schnalle im Bett alle Kräfte abverlangt. «Diese Egoistin! Nehmen, nehmen, nehmen, das ist alles, was sie können, diese Schauspielerinnen», dachte Luisa. Ohne nachfragen zu müssen, brachte Luisa ihrem Gast ein Glas schwarzen Tee an den Tisch, so wie jeden Tag.

«Anstrengende Nacht?», fragte sie mitfühlend.

Ohne aufzublicken, murmelte Alberto: «Und wie! Sie würden nie glauben, wie oft ich gestern... Ach, ist ja auch egal. Ist Frau Arabica schon gegangen?»

«Schon vor Stunden», antwortete Luisa, die nur zu gerne etwas mehr von Alberto darüber erfahren hätte, was genau er gestern Nacht so «oft» gemacht hatte. Aber das ging Luisa schließlich nichts an. Außerdem konnte sie es sich ja denken, dank der indiskreten Information der zwei frechen Studentinnen. Voller Neid auf Aurelia überlegte Luisa, wann sich zuletzt ein Mann bis zur völligen Erschöpfung angestrengt hatte, um *sie* zu befriedigen. Das lag viele Jahre zurück. *Zu* viele! Und eine Nacht mit reihenweisen Höhepunkten war ihr leider noch nie vergönnt gewesen. Gänzlich unbewusst knöpfte sie eine ganze Reihe von Knöpfen ihrer weißen Bluse auf, bevor sie Alberto Tee nachschenkte.

Alberto musste sich Aurelia aus dem Kopf schlagen. Schließlich erhielt er soeben von Luisa die Bestätigung, dass sie das Hotel schon längst verlassen hatte. Bereits in wenigen Stunden würde Aurelia im Flieger Richtung Spanien sitzen. Jetzt wusste Alberto definitiv, dass er sie mit an Sicherheit grenzender Wahrscheinlichkeit nie wieder sehen würde. Es ergab also gar keinen Sinn, auch nur einen einzigen weiteren Gedanken an die bildschöne Aurelia zu verschwenden. Aber so einfach war das nun auch wieder nicht. Oder etwa doch? Überrascht blickte er auf Luisas Dekolleté. So freizügig wie in diesem Moment hatte sie sich ja noch nie gezeigt. Normalerweise war ihre Bluse stets bis zum Hals zugeknöpft. Jetzt war eine ganze Reihe der oberen Knöpfe gelöst. Als Albertos Blick tief zwischen Luisas enormen Brüsten ertrank, war Aurelia vergessen. Zumindest für diesen Moment.

Anstatt Alberto für seinen unverschämten Blick direkt auf ihren üppigen Busen zu ermahnen, lächelte Luisa und fragte:

«Haben Sie noch einen Wunsch?»

Beinahe hätte Alberto Luisa um zwei Melonen gebeten. Zum Glück konnte er sich gerade noch rechtzeitig auf die Zunge beißen. Was war nur los mit ihm? Er konnte nicht ahnen, dass es Luisa insgeheim durchaus gefallen hätte, wenn er diesen Wunsch tatsächlich geäußert hätte. Und so fragte auch sie sich, was mit ihr los war, als sie sich eilig die Bluse zuknöpfte.

Die Monstrosität aus Mahagoni

Nach dem Frühstück studierte Alberto in seiner Suite per Laptop die wichtigsten Börsenkurse. Zufrieden stellte er fest, dass sich die Kurse, bereits seit einiger Zeit, wie von selbst zu seinen Gunsten entwickelten. Also stellte er keine einzige neue Kauf- oder Verkauf-Order ein. Den Rest des Tages würde er in Venedig verbringen. Vor einer ganzen Weile hatte Alberto ein nicht unerhebliches Vermögen geerbt. Größter Einzelposten war eine Immobilie in Venedig, die von einer alten Dame bewohnt wurde, welche vor kurzem verstorben war. Nach dem Ableben der alten Dame hatte Alberto beschlossen, die Immobilie in Venedig zu veräußern und war zu diesem Zweck selbst in die Lagunenstadt aufgebrochen. Es dauerte nicht lange, bis Alberto entschied, nicht in Venedig selbst, sondern lieber auf der kleinen bunten Nachbar-Insel Burano in einem Hotel Quartier zu beziehen. Die bunt gestrichenen Fassaden der malerischen kleinen Häuschen an Buranos Wasserkanalstraßen hatten es ihm angetan und verschafften dem Müßiggänger ein kontemplatives Gefühl der Heiterkeit. Von hier aus konnte er, wann immer er wollte, einfach per Vaporetto nach Venedig fahren, um sämtliche

Angelegenheiten, die geerbte Immobilie betreffend, zu regeln.

Alberto warf sich in seinen edelsten Anzug, denn die Kaufinteressentin, Signora Giulia D., welcher er nun einen ersten Besuch abstatten würde, war nicht einfach nur irgendeine wohlhabende Frau. Nachdem die Kaufinteressentin über ihr venezianisches Büro eine Terminanfrage in besagter Sache an Alberto übermittelt hatte, recherchierte Alberto natürlich direkt, mit wem er es zu tun haben würde. Giulia D. war niemand geringeres als eine der reichsten Frauen der Welt. Ein bekanntes amerikanisches Wirtschaftsmagazin bezifferte ihr gewaltiges Vermögen auf über 20 Milliarden Dollar. Dementsprechend eingeschüchtert, nervös und aufgeregt machte sich Alberto nun auf den Weg in das Büro der Signora D. in Venedig. Sie wollte offenbar zuerst ihn kennenlernen, bevor sie die Immobilie besichtigen würde.

Von außen wirkte ihr Büro unscheinbar. Zwar war es in einem alten Palazzo untergebracht, jedoch war dieser eher trist und schmucklos. Aber welche Pracht übermannte Alberto im Inneren des Palazzo! Carrara-Marmor, wo man nur hinsah. Fußböden. Statuetten. Säulen. Überall dicke Teppiche, als Läufer auf dem Marmorboden und auch als Wandteppiche genutzt. Riesige geschmackvolle Ölgemälde in goldenen Rahmen. Nach einer kurzen Sicherheitsüberprüfung wurde Alberto dem Privatsekretär der Milliardärin vorgestellt, welcher während Albertos Anwesenheit nur eine Aufgabe zu

haben schien: ihm einen Flügel der hohen, prunk-
voll verzierten Tür zum eigentlichen Büroraum von
Signora Giulia D. zu öffnen. Nervös zitternd betrat
Alberto mit größter Ehrfurcht den Büroraum, der
sich als überdimensionierte Halle herausstellte, an
dessen Ende Signora D. hinter einem gewaltigen
Mahagoni-Schreibtisch in übertrieben aufrechter
Haltung saß. Alberto benötigte eine Vielzahl von
Schritten, um sich dem Ungetüm aus Mahagoni zu
nähern. Als er etwa noch fünf Meter entfernt war,
hob die Milliardärin subtil, aber bestimmt, eine
Hand. Alberto beugte sich der nicht in Frage zu
stellenden Dominanz der Dame, welche er auf etwa
50 Jahre einschätzte, blieb stehen, verbeugte sich
und stellte sich vor. Überflüssigerweise stellte sich
auch die Milliardärin namentlich vor, bevor sie mit
fester und klarer Stimme vortrug:

«Mein Herr, das Kaufobjekt ist mir inzwischen
gut vertraut. Ein Exposee werde ich nicht benöti-
gen, ich verfüge bereits über aktuelle Fotografien
sowie Gutachten zu Bewertung, Lage, Einbettung
in die Stadtplanung, Denkmalschutz, etc. Auch
eine vollständige Mängelliste liegt mir vor. Eine sehr
lange Liste, möchte ich betonen. Bitte beziffern Sie
nun ihre Preisvorstellung, möglichst konkret, wenn
Ihnen das möglich ist!»

Alberto bezifferte. Ein Kinderspiel, hatte er doch
längst eine konkrete Vorstellung. Natürlich schlug
er, angesichts der Vermögenssituation der Interessentin, nochmal 50 Prozent auf seine Wunschvor-
stellung drauf. Man muss ja leben, *gut* leben.

«Vielen Dank, offenbar sind Sie doch nicht so nutzlos, wie es Ihre Vita nahelegt. Sie werden von mir hören. Jetzt wünsche ich Ihnen einen guten Tag», sprach Signora Giulia D. und senkte den Blick auf ein paar Papiere auf ihrer Monstrosität von Schreibtisch. Alberto verstand die unausgesprochene Aufforderung und verließ die Halle, wobei er nach jedem einzelnen seiner Schritte auf dem Marmorboden ein deutlich zeitverzögertes Echo von den weit entfernten Wänden zu vernehmen glaubte. Nur eine Minute länger in der Gegenwart der Milliardärin, und Alberto wäre womöglich aus Ehrfurcht und Einschüchterung ohnmächtig geworden.

Die heilige Madonna

Während sich also Alberto an diesem Tag in Venedig aufhielt, um ein Geschäft mit einer wahrhaft beeindruckenden Frau anzubahnen, begann auf der kleinen Insel Burano das Gerücht über seine leidenschaftliche Liebesnacht mit der wunderschönen Seriendarstellerin Aurelia Arabica erste Kreise zu ziehen. So zog die Hotelangestellte Luisa ihre Kollegin Nura ins Vertrauen und teilte ihr Wissen um die nymphomanische Schauspielerin, die so laut stöhnte, dass das halbe Hotel wach wurde, als Alberto sie mehrmals befriedigte. Nura schwor Luisa bei der heiligen Madonna, die Geschichte für sich zu behalten, nur um sie keine 20 Minuten später der Sous Chefin Serafina zu erzählen. Selbstverständlich musste Serafina noch während der Arbeitszeit ihre beste Freundin anrufen, um telefonisch vom wilden Treiben der unersättlichen Schauspielerin mit ihrem unglaublichen Liebhaber Alberto zu berichten.

Auch Gianna und Luna, die beiden frechen Studentinnen auf Semesterferien-Urlaubsreise, trugen zur Verbreitung des Gerüchtes bei. Als sie die für Burano typischen bunten Gebäude an den Wasserkanalstraßen bewunderten und dabei mehrere hundert Fotos mit ihren Smartphone-Kameras machten, trafen sie auf Marcella und Anna, zwei miteinander befreundete und jeweils kinderlose Mittdreißigerinnen, die ebenfalls in ihrem kleinen Hotel residierten. Gianna und Luna kamen sich besonders wichtig vor, als sie so beiläufig wie möglich erwähnten, im Zimmer gegenüber der berühmten Schauspielerin Aurelia Arabica zu logieren. Natürlich nicht ohne später zu erwähnen, dass diese es letzte Nacht dreimal so gut von ihrem Zimmernachbarn, einem gewissen Alberto, besorgt bekommen hatte, dass sie mitten in der Nacht heftig an dessen Tür klopfte und ihn anflehte, noch ein viertes Mal mit ihr zu schlafen.

Am Ende dieses Tages beflügelten die Gerüchte um Aurelia und Alberto die Fantasie einiger Frauen auf der kleinen Insel Burano. Interessanterweise drehten sich deren Gedanken weniger um die möglicherweise nymphoman veranlagte Schauspielerin Aurelia Arabica, sondern viel mehr um ihren geheimnisvollen Liebhaber. Wer war dieser aufregende Mann? Was machte er wohl auf der Insel? Womit verdiente er seinen Lebensunterhalt? Wie vermögend würde er wohl sein? In welcher Funktion verkehrte er mit Stars und Schauspielerinnen? Und war er wirklich so ein außergewöhnlich guter Liebhaber?

Zwei elegante Grazien

Am Abend saßen Marcella und Anna frisch geduscht auf dem Balkon ihres Hotelzimmers und genossen die Aussicht auf die vielen malerischen, oft
bunt lackierten Ruder- und Fischerboote, die den
Meerwasserkanal säumten. Unter ihrem Balkon
waren bereits die Esstische für den Abend aufge-
stellt worden. Auf dem betonierten Fußweg neben
der Wasserstraße herrschte noch immer reges tou-
ristisches Treiben. Vom Stimmengewirr des Ge-
plappers setzte sich die Stimme eines eintreffenden
Hotelgastes ab:

«Schönen Feierabend, Luisa», rief ein leger geklei-
deter Mann einer Hotelangestellten zu, die gerade
das Hotel in Richtung des Weges zum Anlegeplatz
für die Vaporetti verlies.

«Grazie mille, *Alberto*», antwortete diese.

Neugierig waren Marcella und Anna von ihren
Plastikstühlen aufgesprungen und taxierten nun,
an der Balustrade stehend, Alberto. Überrascht
stellten beide fest, dass sie sich Alberto durchaus
größer vorgestellt hatten. Sportlicher, muskulöser.
Alberto begab sich an einen der Esstische. Ohne
sich vorher nochmal in seinem Hotelzimmer zu duschen und umzuziehen, wie es eigentlich praktisch

alle Hotelgäste gewohnheitsmäßig tun. Offenbar pfiff Alberto auf Konventionen und lebte nach seinen eigenen Regeln. Gerade so, als wäre er ein wirklich mächtiger Mann. Frei und unabhängig. Wie überaus aufregend! Marcellas und Annas Blicke trafen sich. Beide hatten sie plötzlich großen Appetit bekommen.

Gerade als Alberto die Speisekarte beiseitegelegt hatte, bemerkte er zwei wirklich elegante Frauen, die zielstrebig auf seinen linken Nachbartisch zusteuerten und ihn dabei anlächelten. Mehr als nur höflich oder freundlich. Vielleicht versuchten die beiden mit ihm zu flirten? Während all der Stunden in Venedig hatte ihn keine einzige Frau so direkt angelächelt wie die beiden neu angekommenen Grazien, die er auf Mitte 30 schätzte. Ihr fast schon kokettes Lächeln tat Alberto daher doppelt und dreifach gut. Balsam für die Seele! Bestens gelaunt erwiderte er mit stolz geschwellter Brust das Lächeln.

«Buona sera», grüßte er die beiden.

Sie erwiderten seinen Gruß. Die Frau, die links neben ihm Platz genommen hatte, trug ein knöchellanges Kleid, das seitlich einen langen Schlitz hatte, der bis zu ihrer Hüfte zu reichen schien und so die Sicht auf ihr begehrenswertes, langes, glattes Bein freigab. Er dankte dem Schicksal für den Umstand, dass sich der Schlitz im Kleid auf der ihm zugewandten Seite befand. Ihre nicht minder attraktive Begleiterin nahm ihr gegenüber Platz. Sie verhüllte ihren aufregenden Körper mit einem klassischen Sommerkleid, dessen luftiger Rock Albertos Fantasie beflügelte.

Die zwei Grazien am Nebentisch studierten die Speisekarte. Alberto gab ihnen treffsichere Tipps bezüglich der kulinarischen Auswahl und so bahnte sich eine abendliche Konversation zwischen den beiden Nachbartischen an. Sowohl Marcella als auch Anna überlegten sich beim Löffeln der Minestrone Kommunikations-Strategien, um etwas mehr über die Schauspielerin Aurelia Arabica und den geheimnisvollen Alberto zu erfahren. Das sollte möglichst nebenbei geschehen, denn keine der zwei Freundinnen wollte den Eindruck einer neugierigen Klatschbase erwecken. Natürlich schien es völlig aussichtslos, genaueres über die leidenschaftliche Liebesnacht zwischen Aurelia und Alberto zu erfragen. Marcella und Anna beschlossen, sich erstmal namentlich vorzustellen. Als Alberto seinen Vornamen nannte, taten beide so, als erführen sie diesen zum ersten Mal. Beim Hauptgang erzählte Anna, wie sie sich vor vielen Jahren mit ihrer Arbeitskollegin Marcella angefreundet hatte. Wie sie beide unter dem Stress und Zeitdruck im Büro litten und dass sie seit Jahren gemeinsam Urlaub machten, wobei sie meist Sonne, Meer und Strand genießen würden, um die Tücken des Büroalltags hinter sich zu lassen. Und die überwiegend anstrengenden Arbeitskollegen.

«Bin ich froh, dass ich das alles hinter mir habe», sagte Alberto ehrlich.

«Wie kommt das? Sie sind doch noch so jung», fragte Marcella, mit der rechten Hand am langen Schlitz ihres Kleides spielend.

«Allora: Ich hatte wirklich großes Glück an der Börse und bin nun finanziell nicht mehr abhängig von irgendwelchen Arbeitgebern, die einem letztlich jedes Leben aus den Adern saugen. Immer ‹from nine to five› verfügbar sein, immer sofort reagieren, dutzende von Mails pro Tag, die man schon beantwortet haben soll, noch bevor sie überhaupt geschrieben wurden. Kollegen, die nichts Besseres zu tun haben, als einem von früh bis spät Steine in den Weg zu legen. Wie mich das angekotzt hat! Nie wieder!», agitierte Alberto. Den wahren Grund seiner finanziellen Unabhängigkeit, das Erbe des Familienvermögens, verschwieg er.

Beide Grazien nickten zustimmend. Anna, deren Beine magisch unter dem luftigen Rock glänzten, erwiderte schließlich:

«Nun, was Büroarbeit angeht, haben Sie ganz bestimmt recht. Aber es gibt ja auch ganz andere Berufe. Kreative Berufe zum Beispiel. Wie vielleicht Schauspielerei. Da fällt mir ein, dass wir heute Vormittag doch tatsächlich diese attraktive Soap Opera Darstellerin, ihr Name ist Aurelia Arabica, gesehen haben. Hier im Hotel! Ihr Arbeitsleben ist bestimmt sehr viel angenehmer als das von Marcella und mir. Sie sind doch schon eine Weile im Hotel, kennen Sie vielleicht Frau Arabica?»

«Ach, *die*. Nun, sie war ja nur eine Nacht im Hotel. Jetzt ist sie für ein paar Wochen in Spanien», erwähnte Alberto.

«Demnach kennen Sie sie gut?», hakte Anna nach.

«Nein, so gut wie gar nicht. Ich hatte ihr nur gestern Nacht…» An dieser Stelle überlegte Alberto. Er sollte besser nichts vom Rauchmelder erwähnen, auf den er gestern Nacht wütend eingeschlagen hatte. Das würde womöglich zu lästigen Versicherungs-Scherereien führen. «Frau Arabica benötige nur die Hilfe eines Zimmernachbars. Ich konnte ihr relativ mühelos helfen, das ist auch schon alles.»

Mit einem Grinsen im Gesicht, welches aus Albertos Perspektive völlig deplatziert wirkte, meinte Marcella: «Wie diskret Sie doch sind, Alberto. Ein wahrer Gentleman!»

Alberto hatte nicht die geringste Ahnung, auf was Marcella anspielte, also sagte er: «Lassen Sie uns nicht über Frau Arabica reden, so interessant ist sie schließlich nicht.»

«Dann lassen Sie uns über *Sie* sprechen, Alberto: Was macht ein interessanter Mann wie Sie auf Burano?», fragte Marcella mit ehrlichem Interesse.

«Nun, ich habe ein Immobiliengeschäft abzuwickeln. Das bindet mich derzeit an die Lagune. Aber es gibt schließlich schlimmere Schicksale. Offen gesagt genieße ich meine Zeit hier, besonders auf Burano.»

Im weiteren Verlauf des Abends unterhielten sich die drei noch über allgemeinere Themen. Über die

Arbeitswelt, die Börse und Urlaubsreisen. Alberto gab den beiden wertvolle Tipps für weniger bekannte, nicht ganz so von Touristen überlaufene, Sehenswürdigkeiten. Man trank gemeinsam Kaffee mit Wasser, später Wein. Alberto genoss die Konversation mit den beiden eleganten Grazien sehr. Es war ein rundum schöner Abend geworden. Inzwischen war es dunkel geworden und sie waren die letzten drei Gäste an den Tischen. Kurz bevor Marcella und Anna verkündeten, sich nun auf ihr Zimmer zurückzuziehen, um frisch für den kommenden Tag zu sein, bemerkte Alberto, dass er freie Sicht auf Annas weißes Höschen hatte, das zwischen ihren glänzenden Schenkeln unter dem Rock aufblitzte. Annas Rocksaum war im Verlauf des Abends immer weiter nach oben gewandert. Er fragte sich, ob ihr das überhaupt bewusst war. Immerhin war sie wegen des Weins leicht beschwipst. Anna und Marcella standen gleichzeitig auf und wünschten lächelnd: «Buona notte.» Mit kokett kreisenden Hüften stolzierten die beiden eleganten Grazien ins Innere des Hotels. Ihr Bewunderer blieb noch eine Weile allein in der Nacht sitzen.

Marcella stand am Waschbecken im Badezimmer und wusch sich mit einem nassen Waschlappen das Gesicht, als sie Anna, die nebenan auf der Bettkante hockte, fragen hörte:

«Und? Wie findest du Alberto?»

«Immer noch rätselhaft. So richtig viel hat er nicht von sich preisgegeben. An die Schauspielerin scheint er zumindest kaum einen Gedanken zu verschwenden, obwohl er so eine heiße Nacht mit ihr hatte!», antwortete Marcella.

«Ist mir auch aufgefallen. Die Schauspielerin scheint ihn im Bett nicht sehr beeindruckt zu haben. Naja, gutes Aussehen allein genügt einfach nicht», meinte Anna.

Marcella dachte gerade daran, wie Anna den Rock immer höher wandern gelassen hatte und am Ende des Abends ihre Beine gespreizt hatte. Sie grinste über Annas plumpe Initiative und rief ihr zu:

«Sei übrigens vorsichtiger mit deinem Rock. Man konnte dein Höschen sehen!»

«Wirklich? Ist mir selbst gar nicht aufgefallen. Ich glaube, ich vertrage den Wein nicht mehr so gut wie früher», redete Anna sich wenig glaubwürdig heraus.

Lachend warf Marcella den nassen Waschlappen auf Annas Stirn. «Das kannst du deiner Großmutter erzählen!»

Als Marcella schließlich im Bett lag und einschlafen wollte, hörte sie Anna vom Bett nebenan fragen: «Glaubst du, dass er wirklich so unglaublich gut im Bett ist? Oder hatten die zwei Mädels heute einfach nur furchtbar übertrieben?»

Marcella überlegte. Albertos Habitus erschien ihr unheimlich souverän. Wie er sich gab, wie er redete. Für ihn schienen Konventionen und Gesellschaft-Regeln kaum zu gelten. Er schien ganz nach seinen eigenen Regeln zu leben. So viel Selbstvertrauen basierte bestimmt auch auf einer beeindruckenden Potenz, mutmaßte Marcella, bevor sie antwortete: «Halte mich für verrückt, aber ich bin davon überzeugt, dass er mindestens ein guter, vielleicht sogar ein sensationeller Liebhaber ist.»

Anna, die sehr viel auf die Menschenkenntnis ihrer besten Freundin gab, wunderte sich ein wenig, warum Marcella diesbezüglich so sicher war. Aber sie zweifelte keine Sekunde an Marcellas Einschätzung. Ihr letzter Gedanke vor dem Einschlafen war: «Seit wann denke ich so viel über Sex nach? Ich bin doch keine stümperhaft skizzierte Karikatur einer Frau in einer schlecht geschriebenen Kurzgeschichte!»

Gianna bevorzugt die größte Banane

Luisa betrachtete sich im großen Spiegel der Lobby und begann damit, ihre Bluse etwas aufzuknöpfen. Verstohlen blickte sie auf ihren Arbeitgeber Bruno, der ebenfalls im Spiegel sichtbar war und hinter der Rezeptionstheke stand. Bruno war offenbar in Papierkram vertieft und schien gar keine Notiz von Luisa zu nehmen. Gut so! Sie knöpfte ihre Bluse noch weiter auf und betrachtete ihr freizügiges Dekolleté. Sehr gewagt! Wenn Bruno sie so sehen würde, gäbe es Ärger. Nun, sie würde sich gleich wieder zuknöpfen, nachdem sie Alberto bedient hatte, der bereits am Frühstückstisch saß. Jetzt würde sie ihm seinen üblichen Tee servieren.

Gianna und Luna, ebenfalls im Frühstückssaal, warfen immer wieder mal einen interessierten Blick auf den zwei Tische entfernten Alberto, der sich eine üppige Frühstücksportion vorgenommen hatte. Überrascht bemerkten die zwei frechen Studentinnen, wie sehr sich das Erscheinungsbild der Frühstückskellnerin Luisa verändert hatte, als sie Alberto Tee einschenkte und ihm dabei den tiefen Ausschnitt ihrer Bluse präsentierte, auf eine Weise, die man auf gar keinen Fall subtil nennen konnte.

Erfreut, sehr erfreut, registrierte Alberto, dass Luisa mindestens ebenso freizügig gekleidet war, wie am Tag zuvor. Lächelnd bedankte er sich bei Luisa für den Tee.

«Wir haben heute endlich wieder frisches Obst», erklärte sie. «Darf ich Ihnen etwas an den Tisch bringen?»

«Haben Sie auch Melonen?» Jetzt hatte er es tatsächlich ausgesprochen. Er sollte besser aufpassen. Überrascht bemerkte er, dass Luisa fast schon mit Begeisterung antwortete:

«Ja, tatsächlich. Darf ich Ihnen ein wenig Melone anbieten?»

Er bejahte. Als Luisa ihm den kleinen Teller mit winzig kleinen Melonenstückchen servierte, hatte er nur Augen für die beiden großen, runden Melonen in Luisas Bluse.

«Greifen Sie zu!», sagte Luisa.

Nur allzu gerne hätte er jetzt zugegriffen.

Gianna und Luna mussten sich ihr Obst selbst am Buffettisch holen. Luisa bediente heute wohl nur Herren.

«Ich habe gewusst, dass du dir eine Banane krallst», lachte Gianna und suchte sich selbst eine Banane.

«Was ist so lustig an Bananen, du Clown?», fragte Luna verständnislos.

«Du weißt doch, was Bananen symbolisieren», meinte Gianna frech und griff sich die größte Banane, die sie finden konnte.

Alberto, der gerade aufgegessen hatte, blickte durch die weit geöffnete Tür zur Lobby auf einen der dortigen Spiegel und konnte beobachten, wie Luisa ihre Bluse wieder vollständig, bis hinauf zum Hals, zuknöpfte. Unbewusst lächelnd fragte er sich, ob es möglich wäre, dass Luisa zuvor, extra für ihn, die Bluse so zeigefreudig aufgeknöpft hatte. Überhaupt fiel Alberto gerade auf, dass seit ein oder zwei Tagen die Frauen ihm gegenüber sehr viel freizügiger geworden waren, fast schon aufreizend. Wie Marcella gestern am Nebentisch ihr Bein präsentierte und sie verträumt am langen Schlitz des Kleides spielte. Oder Anna ihr Höschen hatte aufblitzen lassen. Signalisierten etwa all diese Frauen Interesse an ihm? Sein Blick fiel auf eine der beiden Studentinnen zwei Tische weiter. Sie blickte ihm direkt ins Gesicht, als sie langsam und genüsslich eine Banane in den Mund nahm. Anstatt abzubeißen, verwöhnte sie die Banane zärtlich. Alberto war überaus erregt, als er den Frühstückssaal verlies.

Der Schrägstrich

1700 Kilometer südwestlich blickte Aurelia in Südspanien auf das Display ihres Smartphones und las einen soeben veröffentlichten Artikel auf den Webseiten eines populären Celebrity Blogs, welchen ihr Agent ihr gerade zugesendet hatte.

«Sex-skapaden beim Dreh von Passione Milanese: Besonders wild trieb es vorgestern Nacht Aurelia Arabica, der breiten Öffentlichkeit besser bekannt als die kreuzbrave und fromme Felicitas in der Daily Soap ‹Passione Milanese›. In einem Hotel auf der Insel Burano, wo gerade das kommende Serien-Special abgedreht wurde, sorgte die hochattraktive junge Schauspielerin für helle Aufregung in der Nacht: Mehrere Ohrenzeugen vernahmen über Stunden hinweg ekstatische Lustschreie aus ihrer exklusiven Luxus-Suite. Arabica hat inzwischen die Insel wieder verlassen, um einen privaten Urlaub zu genießen. Wie andere Hotelgäste unabhängig voneinander bestätigen, verblieb ihr Liebhaber auf Burano.»

Überglücklich sprang Aurelia von ihrem Stuhl auf und jubelte lauthals vor Freude, war ihr doch sofort bewusst, wie ungemein positiv sich ein solcher Skandal-Artikel auf ihre Schauspiel-Karriere auswirken konnte. Es gibt schließlich keine schlechte Publicity. Nur Reichweitensteigerungen. Erhöhte Bekanntheitsgrade. Mit ein bisschen Glück könnten bald hoch dotierte Angebote für richtig gute Rollen eintreffen. Vielleicht sogar eine Hauptrolle beim Film! Sie hatte es leid, immer nur die brave Felicitas in der dümmlichen Daily Soap zu geben, auch wenn ihr diese Rolle ein festes und regelmäßiges Einkommen sicherte, worum sie von so vielen Fernsehdarstellerinnen beneidet wurde. Trotz der relativ geringen Höhe. Herrje, als Krankenschwester hatte sie bereits im zweiten Jahr nach der Ausbildung ein höheres Einkommen. Ihr Jetset-Image war reine Show fürs Boulevard-Publikum. Nichts dahinter. Aber eine Hauptrolle beim Film oder einem Streaming Portal könnte dies möglicherweise ändern. Jetzt schien diese Möglichkeit zumindest deutlich wahrscheinlicher geworden zu sein. Klar, ihre weibliche Ehre wurde gekränkt, ihr privater Ruf durch den Kakao gezogen. Na und? Damit hatte sie kein Problem.

Ihr Smartphone klingelte. Fabiano. Das Fleisch gewordene Klischee eines schwulen Showbiz-Agenten «Schrägstrich Managers». Aufgeregt gratulierte Fabiano Aurelia zu ihrem Skandal:

«Ciao Aurelia, mein lieber Goldschatz, das ist ja einfach wunderbar! Du glaubst nicht, was hier los ist, so viel Interesse an dir hatten wir noch nie. Natürlich noch keine konkreten Angebote, dafür ist es noch zu früh, meine Allerliebste. Aber die Angebote werden kommen, das kann ich beinahe

37

garantieren. Aber Aurelia, Liebste, bitte sag - du weißt schon wem - dass ich unbedingt vorher informiert werden muss, wenn ihr eine solche Story plant! Tust du mir den Gefallen? Wenn ich vorbereitet bin, kann ich doch viel mehr für dich tun!»

«Und ich war der Meinung, *du* hättest die Story lanciert», rief Aurelia erstaunt ins Telefon. Schweigen auf der anderen Seite.

«Jetzt hab ich doch tatsächlich einen kurzen Moment gedacht, die Story entspräche der Wahrheit und du hättest wirklich im Lustrausch ein ganzes Hotel zusammengeschrien», wieherte Fabiano lauthals. «Aber nur komplette Vollidioten glauben den Müll, der in Skandalblättchen erscheint. Baby, Aurelia, meine Liebe, ich melde mich per Chatnachrichten. Denn ich möchte, dass du deinen Urlaub genießen und entspannen kannst. Hab dich lieb. Bussi, Bussi! Und egal was du tust, wenn dich ein Reporter oder Blogger nach Burano fragt: du darfst alles sagen, was du willst. Nur dementieren darfst du nicht. Die öffentliche Meinung hat immer recht, nicht vergessen! Klar, mein Schatz? *Niemals* dementieren!»

«Klar, ich bin doch nicht dämlich, Fabiano. Mach's gut!», beendete Aurelia das Telefonat.

Nein, dämlich war sie nun wirklich nicht. Würde sie jemals ihren IQ testen lassen, so läge das Ergebnis signifikant über 160. Aufgrund ihrer enormen geistigen Fähigkeiten hätte ihr niemand erklären müssen, dass es eine ziemlich beknackte Idee wäre, eine öffentliche Meinung zu bestreiten oder gar widerlegen zu wollen. Wenn die Öffentlichkeit glaubte, Aurelia hatte wilden, lauten Sex auf Burano, dann hatte sie eben wilden, lauten Sex auf Burano gehabt. Sollten noch ein oder zwei weitere Artikel wie der eben gelesene folgen, so würde sich die öffentliche Meinung weiter in diese Richtung bewegen oder «shiften», wie die Medienprofis sagen würden. Und ab diesem Moment, würde sich das Gerücht oder die Vermutung über ihre laute Liebesnacht in eine unumstößliche Tatsache verwandeln. In einen Fakt, der keines weiteren Beweises bedürfe. In die Wahrheit und nichts als die Wahrheit.

«Wie schön doch die Welt ist, in der wir Menschen die Wirklichkeit so spielerisch verändern können», dachte Aurelia und hoffte fröhlich auf bald eintreffende, gute Rollenangebote. Zwar war ihr aufgrund ihrer überragenden Intelligenz längst bewusst, wie unfassbar unwahrscheinlich eine finanziell erfolgreiche Schauspielkarriere sein würde. Dennoch hoffte sie mit Zuversicht. Und sie sollte im weiteren Verlauf ihres Lebens recht behalten. In wenigen Jahren von diesem Moment an würde sie tatsächlich zur gefragtesten und bestbezahlten Schauspielerin der Welt werden. Natürlich konnte sie das zu diesem Zeitpunkt noch nicht wissen.

Eine sehr glückliche Banane

1700 Kilometer nordöstlich wunderte sich Marcella, worüber die zwei frechen Studentinnen Gianna und Luna so ausgelassen lachen mussten, als sie mit Anna den Frühstückssaal betrat. Die zwei Studentinnen schienen sich sehr über irgendetwas zu amüsieren. Oder über irgendjemanden, vermutete Marcella. Oder doch über irgendetwas, denn der Witz schien etwas mit Bananen zu tun zu haben.

«Ob Alberto auch beim Frühstück erscheint?», fragte Anna müde und nahm sich ein Brötchen.

«Wahrscheinlich schläft er noch», vermutete Marcella und fragte sich, ob ihre Freundin Anna ebenso sehr auf ein Wiedersehen mit Alberto hoffte, wie sie selbst. Sie erinnerte sich daran, wie Annas Rock beim Abendessen mit Alberto wie von Geisterhand immer höher gewandert war und Anna schließlich die Beine auseinandergenommen hatte, um den Blick auf ihr Höschen freizugeben. Marcella betrachtete ihre Freundin und vermutete, dass diese sich doch *sehr* wünschte, Alberto wieder zu sehen. Genau wie sie selbst. Auch Marcella nahm sich ein Brötchen und bestimmte:

«Lass uns erstmal in Ruhe frühstücken. Vielleicht kommt Alberto noch, während wir hier sind.»

Als die wieder zugeknöpfte Luisa den Frühstückssaal betrat, um am Buffet nach dem Rechten zu sehen, hörte sie, wie Marcella lachend zu Anna sagte:

«Aber mach nicht gleich wieder die Beine breit, wenn Alberto kommt!» Worauf diese lachend erwiderte: «Wieso nicht? Gestern Nacht hat es ihm gut gefallen!»

Eifersüchtig überlegte Luisa, ob diese Anna gestern Nacht wirklich ihre Beine für Alberto breit gemacht hatte. Eine Nacht zuvor war Alberto doch noch mit dieser selbstbezogenen Schauspielerin Arabica im Bett, die sehr attraktiv war, das musste Luisa neidlos anerkennen. Aber auch diese Anna war attraktiv. Ausgesprochen attraktiv sogar. Leider! Nun, Anna sah etwas müde aus. Wahrscheinlich hatte sie sehr wild auf Alberto herumgeturnt und bestimmt auch reihenweise Höhepunkte dabei bekommen, überlegte Luisa. Andererseits: Alberto hatte ja eben ganz allein gefrühstückt und sah sehr viel ausgeschlafener aus als nach seiner langen und sehr leidenschaftlichen Nacht mit Aurelia. Nun, diese Anna war ja keine berühmte Schauspielerin wie diese Arabica. Mit der unbedeutenden Anna hatte Alberto gestern Nacht bestimmt nicht vier Mal geschlafen, wie er es mit der berühmten Schauspielerin getan hatte, vermutete Luisa. Höchstens zwei Mal. Neidisch und eifersüchtig beschloss Luisa, dass Marcella, und vor allem diese Schlampe Anna, sich heute ihren dämlichen Frühstücks-Kaffee selbst holen konnten.

Alberto wollte sich kurz ein wenig die Beine vertreten und über das neuerdings so eigentümliche Verhalten der Frauen nachdenken. Er atmete einen tiefen Zug der frischen, nach Meerwasser riechenden Luft ein und schlenderte zum kleinen Park hinter dem Boots-Anlegeplatz. Dort setzte er sich auf eine Bank zwischen den Bäumen, lehnte sich zurück, ließ seinen Kopf in den Nacken fallen und blickte in den Himmel und die Wipfel der Bäume. Vor seinem geistigen Auge erschienen Marcellas traumhafte Beine. Annas blitzendes Höschen. Luisas üppige Melonen. Giannas glückliche Banane. Lächelnd schlief Alberto auf der Bank ein. Im Traum verwandelte er sich in eine sehr glückliche Banane.

Auf ihrem Weg zum Boots-Anlegeplatz schlenderten Gianna und Luna nur wenige Meter an Albertos Parkbank vorbei, doch sie bemerkten den schlafenden gar nicht. Zu sehr waren die kichernden Studentinnen in eine alberne Unterhaltung vertieft, die sich um Albertos erregte Reaktion drehte, welche die beiden entzückt beobachtet hatten, als Gianna so provokativ mit ihrer Banane gespielt hatte. Nun waren Gianna und Luna am Boots-Anlegeplatz und warteten auf das Vaporetto, welches sie in Richtung

Lido fahren würde. Fröhlich freuten sich die beiden auf einen herrlichen und sonnigen Tag am Strand.

Von den Glocken des nahen Kirchturms geweckt, öffnete Alberto langsam die Augen. Er war doch tatschlich vormittags, mitten im Park, auf einer Bank eingeschlafen. An seinen erotischen Traum erinnerte er sich nicht. Aber er fühlte sich sehr gut und dachte nicht mehr an das merkwürdige Verhalten der Frauen. Seine Armbanduhr mahnte ihn, zurück ins Hotel zu gehen, um nach den Börsenkursen zu sehen. Nachdem er doch eine ganze Weile geschlafen hatte, wäre seine Suite bestimmt schon von den Hotelangestellten gereinigt worden. Zurück in seiner sauberen Suite musste Alberto verärgert feststellen, dass der Kurs des Dollar gegenüber dem Euro gefallen war. Ein beträchtlicher Teil seines Portfolios war in amerikanischen Aktien investiert. Sollte der Dollar weiter nachgeben, würde er möglicherweise große Verluste machen. Was er sich nicht leisten konnte, wenn er weiterhin sein Leben ohne die sklavischen Zwänge der Arbeitnehmerschaft genießen wollte. Er machte sich an die Arbeit. Vielleicht würde er sein Portfolio gegen mögliche weitere Dollar-Kursrückgänge absichern müssen.

Das lächerliche Mikrofon

1700 Kilometer südwestlich hatte Aurelia Arabica inzwischen korrekt kombiniert, wie das völlig falsche Gerücht ihrer angeblich so lauten und wilden Liebesnacht auf Burano entstanden sein musste. Offenbar hatte jemand im Hotel beobachtet, wie dieser Alberto mehrmals in ihr Zimmer ging, zweimal sogar nur mit Boxershorts bekleidet. Hatte Alberto nicht einmal laut «vier Mal» gerufen? Könnte das sehr missverständlich gewesen sein? Aus Sicht Dritter hätte das doch alles Mögliche bedeuten können! Aber Aurelia wusste, dass die meisten Menschen hauptsächlich in eine Richtung dachten: Sex, Sex, Sex. Ja, so müsste das ganze Drama, von dem Aurelia nun zu profitieren hoffte, begonnen haben.

Vergeblich hatte Aurelia in den letzten zwei Stunden nach weiteren Skandal-Artikeln über ihre angebliche Liebesnacht gesucht. Sie befürchtete, dass dieser einzelne Blog-Artikel womöglich, in der an Sex-Skandalen nicht gerade armen Zeit, untergehen könnte. Hatte sie sich am Morgen vielleicht doch zu früh gefreut? Aurelia beschloss, aktiv zu werden, um die schöne Skandalgeschichte kräftig anzuheizen. Urlaub hin oder her, es ging um ihre

Karriere. Sie würde die Anfrage zum Fernseh-Interview annehmen, über welche sie von Fabiano soeben per Chatnachricht informiert wurde. Natürlich nicht ohne seinen abschließenden Hinweis: «*Nichts* dementieren, meine Allerliebste!»

Vier Stunden später stand sie der Reporterin eines italienischen TV-Senders und deren Kameramann gegenüber, die sich gerade in Andalusien aufhielten. Aurelia hatte sich bereits eine Strategie für das Interview zurechtgelegt, mit welcher sie den Skandal kräftig befeuern würde.

«Nicht besonders raffiniert, aber es sollte funktionieren», bewertete Aurelia ihre Strategie, als ihr die spindeldürre blonde Reporterin das lächerlich große Mikrofon vors Gesicht hielt.

Nach einigen belanglosen Fragen zu den Dreharbeiten des Serien-Specials auf Burano, fragte die Reporterin:

«Frau Arabica, vielen Dank für Ihre Ausführungen zu den Dreharbeiten auf Burano. Doch unsere Zuschauer interessiert noch eine andere Frage: Hatten Sie zwischen den Drehtagen eine schöne Nacht auf Burano?»

«Ja, die Produktionsfirma ist einfach großartig. Ich übernachtete in einer wundervollen Suite», antwortete Aurelia professionell.

«Wie man hört, sollen Sie aber nicht gerade viel Gelegenheit zum Schlafen erhalten haben. Ist das richtig?», stieg die Reporterin in ihr eigentliches Thema ein.

Aurelia spielte die Überraschte: «Kein Kommentar.»

«Einigen Hotelgästen zufolge erlebten Sie eine besonders heiße Nacht im Hotel?», hakte die Reporterin verbissen nach.

«Kein Kommentar.» Perfektes Pokerface.

Die Reporterin spulte weiter ihren vorbereiteten Fragenkatalog ab:

«Glaubt man den Gerüchten, so waren Sie in dieser Nacht, nun, sagen wir: nicht gerade leise. Können Sie mehr dazu sagen? War Ihr Liebhaber etwa so erstaunlich gut im Bett?»

«Kein Kommentar», antwortete Aurelia und imitierte ein verträumtes Lächeln.

«Man sieht Ihnen an, wie schön die Nacht gewesen sein muss! Können Sie mehr über Ihren Liebhaber berichten? Es ist ja die Rede davon, dass er Ihnen ganze vier Mal, nun, sagen wir: besonders nah gekommen ist.»

«Kein Kommentar.» Aurelias Gesicht leuchtete glückselig.

«Ich verstehe», zwinkerte die Reporterin. «Wieso ist Ihr Liebhaber auf Burano geblieben? Werden Sie wieder mit ihm, nun, sagen wir mal: sehr viel Freude haben?»

Als Aurelia zum letzten Mal «kein Kommentar» sagte, leckte sie sich mit der Zunge über die Lippe. Möglichst subtil, aber auch möglichst lasziv. Die hochtalentierte Schauspielerin fand genau die richtige Dosierung. Sollte das Interview in ein paar Stunden ausgestrahlt werden, würde die Mehrheit der Zuschauer davon überzeugt sein, dass Aurelia sehnsüchtig an die lustvollen Freuden ihrer sündigen Nacht mit dem unbekannten Sexprotz zurückdachte. Noch nie war die spindeldürre Reporterin so sehr erfreut über die Worte: «Kein Kommentar.»

La Bomba

Es war bereits Nachmittag, als 1700 Kilometer
nordöstlich Albertos Portfolio-Analysen und Bör-
sengeschäfte abgeschlossen waren. Zufrieden mit
seinen Ergebnissen und Entscheidungen beschloss
er spontan, den Abend in Venedig zu verbringen,
um einfach mal wieder seine Immobilie zu sehen
und anschließend in der Nähe der Rialto Brücke zu
Abend zu essen. Nach so viel Zeit in seinem Hotelzimmer benötigte Alberto diesen Ortswechsel und
schlenderte erneut gemütlich durch den kleinen
Park Richtung Boots-Anleger. Etwas zu gemütlich,
denn das Vaporetto Richtung Venedig fuhr dem flu-
chenden Bonvivant direkt vor der Nase davon. Wohl
oder übel hätte Alberto eine ganze Weile auf das
nächste Vaporetto warten müssen, wäre nicht das
schnittige Motorboot einer sportlichen, etwa 40
Jahre jungen Frau aufgetaucht, welches nun mit
verstummendem Motor neben dem Beton-Steg
trieb.

«Vaporetto verpasst? Darf ich Sie vielleicht mit-
nehmen?», schlug die breitbeinig hinter dem Steuerrad ihres Motorboots stehende Frau freundlich
lächelnd vor.

«Das wäre wirklich wunderbar», antwortete Alberto erleichtert und setzte hinzu: «Fahren Sie Richtung Venedig?»

«Ja, ganz genau. Kommen Sie aufs Boot, ich nehme Sie gerne mit», lud ihn die Unbekannte ein und fragte: «Sie sind nicht zufällig Alberto?»

Doppelt überrascht, zum einen wegen der unerwarteten und ungewohnten Hilfsbereitschaft einer schönen Fremden, zum anderen wegen ihrer Kenntnis seines Vornamens, bejahte Alberto und bestieg das kraftstrotzende Boot.

«Aber woher kennen Sie mich, oder vielmehr meinen Namen?»

«Nura aus dem Hotel hat mir gestern von ihnen erzählt. Ich bin übrigens Isabella», erläuterte sie.

Alberto, nun dreifach überrascht, da er keine Nura kannte, überlegte, dass es sich wohl um die sympathisch schüchterne Hotelangestellte arabischen Aussehens handeln könnte, zumindest legte dies der Vorname nahe.

«Nun, ich kenne natürlich das Hotelpersonal größtenteils nicht namentlich. Aber hoffentlich hatte Nura nichts Schlechtes über mich berichtet?»

«Nein, sonst würde ich Sie doch nicht mitfahren lassen, Sie Dummerchen! Aber bitte, nehmen Sie doch vorne Platz, hier gleich hinter mir», ordnete die Motorboot-Kapitänin munter an, als Alberto eigentlich gerade auf der hinteren lackierten Holzbank Platz nehmen wollte.

Also tat Alberto wie ihm geheißen und setzte sich direkt hinter Isabella. Beim Anblick ihres Pos, der

lediglich mit einem leichten, nahezu halbtranspa-
renten Tuch verhüllt war und sich deutlich weniger
als einen Meter vor seinen Augen befand, vergaß Alberto weitere Nachfragen zum Thema Nura, und
was diese wohl über ihn berichtet haben mochte.
Trotz Isabellas allgemeiner Sportlichkeit machte ihr
runder Po einen griffigen und begehrenswert wohl-
geformten Eindruck auf Alberto.

Isabellas Haare wehten wild im Fahrtwind ihres
schnellen Bootes, das sich nun mit hoher Ge-
schwindigkeit Venedig zu nähern begann. Souverän hinter dem Steuerrad stehend, mit Blick in
Fahrtrichtung, rief Isabella mit lauter Stimme, um
Motoren- und Wellengeräusche zu übertönen:

«Nura erzählt eine Menge! Ich weiß, nicht sehr
diskret... Sie erzählte von der Schauspielerin Aurelia Arabica, und eben, dass *du* neben ihr im Hotel
wohnst. Ich hoffe das ‹du› geht in Ordnung?»

«Ist mir nur recht, Isabella», schrie Alberto vergnügt und fragte sich kurz selbst, was wohl so interessant dabei wäre, lediglich eine Nacht neben einer Schauspielerin logiert zu haben.

«Ist heiß geworden, ich muss kurz Anhalten», rief
Isabella etwa auf halber Strecke, stoppte den Motor
und setzte sich neben Alberto auf die Holzbank.
Ohne Alberto anzusehen, entfernte Isabella das um
ihre Hüfte gewickelte Tuch, warf dieses achtlos unter die Bank und meinte:

«Entschuldige bitte. Bei 30 Grad sollte man so
frei wie möglich sein. Hier ist übrigens meine Visitenkarte mit meiner Handynummer. Ruf mich

gerne an, wenn du wieder ein schwimmendes Taxi brauchst, für dich berechne ich nur den halben Preis.»

Selbstbewusst stellte sich Isabella wieder hinter das Steuerrad. Zur allergrößten Freude Albertos war sie nun nur noch mit T-Shirt, Turnschuhen und einem String-Tanga bekleidet, dessen dünne rückseitige Schnur zwischen ihren beiden prachtvoll runden, glatt glänzenden und fidel entblößten Pobacken verlief.

«Eine sehr geschickte Verkaufs-Taktik. Verführe den potenziellen Kunden mit wohlgeformter Weiblichkeit. Sex sells!», dachte sich der grinsende Alberto. Isabellas begehrenswerter Po schwebte quasi unverhüllt und verlockend keinen Meter vor seinem Gesicht. Er verstaute ihre Visitenkarte wie einen Schatz in seiner Brieftasche und wandte sich dann schnell wieder der verführerischen Aussicht zu. Ja, er würde Isabellas Taxi-Boot ganz sicher wieder bestellen. Ihre Verkaufstaktik hatte eingeschlagen wie eine Bombe. Als die Fahrt beendet war, hatte Alberto Isabellas Pobacken in Gedanken mehrere Dutzend Male geküsst.

«Leider nur in meinen Träumen!», dachte der erregte Genussmensch selbstmitleidig.

Während sich Alberto vom Sitz erhob, warf Isabella einen demonstrativen Blick auf den ausgebeulten Schritt seiner Hose und sagte frech grinsend:

«Da freut sich aber einer! Bedeutet *das* etwa, dass du mich wirklich anrufen wirst für eine weitere Fahrt mit mir? Das wäre echt cool! Für dich gilt der halbe Preis. Heute war's gratis.»

«Was für ein Verkaufstalent!», dachte Alberto und schätzte, dass Isabella mit dieser Methode vermutlich die Anzahl der Passagiere verdreifachen müsste. Der *männlichen* Passagiere zumindest. Natürlich kam Alberto erst gar nicht auf den Gedanken, dass Isabella in Wahrheit ganz andere Absichten als die Steigerung ihres Umsatzes im Sinn haben könnte.

Beeindruckende Stoßkraft

Nachdem Alberto aufgebrochen war, bezogen nebenan am frühen Abend zwei junge amerikanische Touristen eben die Suite, in welcher Aurelia so skandalöse Stunden verbracht haben soll. Natürlich wussten die beiden Mittzwanziger Kate und Roger nichts davon. Selbst wenn, es wäre ihnen egal gewesen, denn sie waren frisch verliebt. Sie freuten sich über ihren ersten Urlaub in Europa. Wie herrlich anders hier doch alles war! Die bunten Fassaden der Häuser auf der Insel. Die völlige Abwesenheit von Autos in der venezianischen Lagune. Der Vandalismus. Irgendjemand hatte offensichtlich auf den Rauchmelder im Schlafzimmer eingeschlagen, von dem nur noch ein verstümmelter Rest erkennbar war. Koffer auspacken, Klamotten in die Schränke werfen, Duschen, Abendessen. Das war der Plan. Als Roger unter der Dusche stand, entschied Kate anders. Unangekündigt besuchte sie ihn in der Duschkabine.

Und so vernahmen die zwei frechen Studentinnen Gianna und Luna nun zum ersten Mal tatsächlich lustvolles Stöhnen von der anderen Flurseite, als sie gerade nach dem Duschen ihr Zimmer verließen, um ihren wundervollen Strand-Tag mit einem leckeren Abendessen abzurunden. Gianna und Luna standen noch eine Weile auf dem Hotelflur und lauschten neugierig der immer lauter stöhnenden Frau, bevor sie die Treppe nach unten nahmen, wobei beide mit großem Neid an das Glücksgefühl dachten, welches die Unbekannte offenbar genau in diesen Momenten empfinden musste. Dieser Alberto schien tatsächlich ein fantastischer Liebhaber zu sein.

Auch die beiden Grazien Marcella und Anna hatten einen wundervollen Urlaubstag erlebt, den sie inmitten der beeindruckenden Sehenswürdigkeiten Venedigs verbracht hatten. Nun lag Marcella frisch geduscht auf ihrem Hotelzimmerbett und wartete auf Anna, die sich noch umziehen musste für das gemeinsame Abendessen, unten vor dem Hotel. Plötzlich bemerkte sie ein zunächst leises Stöhnen, das rasch lauter und intensiver wurde. Es kam definitiv von der Etage über ihr. Marcella lauschte den leidenschaftlichen Lustgeräuschen so gebannt, dass sie erschrak, als sie Anna lachend fragen hörte:

«Hörst du die Frau? Ist sie etwa gerade mit Alberto im Bett?»

Marcella wusste zwar nicht so ganz genau, wo Alberto logierte, aber sie wusste, dass es in der Etage über Anna und ihr sein musste.

«Höchstwahrscheinlich ist das Alberto, er wohnt ja irgendwo über uns. Lass uns Abendessen gehen!», meinte sie und versetzte sich voller Neid in die Lage der oben stöhnenden Frau. Ihr hemmungslos lautstarkes Stöhnen verriet allerhöchste Glücksgefühle.

«Beeindruckende Stoßkraft», lachte Anna und überspielte so ihre eigene Erregung. Auch Anna versetzte sich in die Lage der Frau. Mit höchster Empathie.

Unten an den Tischen waren weder Marcella noch Anna überrascht, Alberto nicht zu sehen. Ja, jetzt waren beide sicher: der ausdauernde Verursacher des ekstatischen Stöhnens in der obersten Etage musste Alberto sein. Sie erkannten die beiden frechen Studentinnen Gianna und Luna und setzten sich an den Nebentisch. Schnell entwickelte sich ein Gespräch über die Tische hinweg. Man berichtete gegenseitig von den Erlebnissen der jeweiligen Tagesausflüge, vom Strand auf dem Lido und den Sehenswürdigkeiten in der Lagunenstadt. Nach Verzehr der Hauptgerichte lachte Luna:

«Dieser Alberto lässt aber auch nichts anbrennen!»

Und so drehte sich von da an die Konversation zwischen den zwei Grazien und den beiden frechen Studentinnen hauptsächlich um Albertos, nun, besonderes Talent.

Kate und George verzichteten auf das Abendessen. Sie spürten den Jetlag und waren so müde von den Strapazen der Anreise aus den USA, und auch von ihrem etwa 20minütigen Liebesspiel, dass sie nebeneinander im ungewohnten Hotelbett eingeschlafen waren. Jedoch sollte der Schlaf der beiden nur wenige Stunden dauern. Ausgerechnet zu der Zeit, als unten an den Esstischen die vier Frauen den Entschluss gefasst hatten, sich auf ihre jeweiligen Zimmer zurückzuziehen, hatte Kate ihren verliebten Roger erfolgreich von einer zweiten Runde überzeugt.

Und so vernahmen, bereits auf der Treppe nach oben, Gianna, Luna, Marcella und Anna schon wieder Kates lustvolles Stöhnen.

«Unglaublich, wie oft Alberto kann! Er besorgt es ihr ja schon seit Stunden», platzte es aus Gianna heraus. Lachend verabschiedeten sich die Frauen voneinander. Es sollte noch 15 Minuten dauern, bis Kates besonders lautstarke akustische Liebesbekundungen nicht mehr zu hören waren. Wie sehr beneideten doch Marcella und Anna die Unbekannte um ihre unüberhörbaren Glücksgefühle, welche Alberto ihr verschaffte. Zumindest waren sie davon überzeugt, es wäre Alberto. Sehnlich wünschten sich beide, genauso von Alberto genommen zu werden. Dieser spektakuläre Liebhaber Alberto.

Auch Gianna und Luna dachten in ihren Betten vor dem Einschlafen an den erstaunlichen Alberto. Gianna grinste. Ein weiteres Mal rekapitulierte sie vor ihrem geistigen Auge, wie erregt Alberto reagiert hatte, als sie beim Frühstück die Banane in den Mund genommen hatte. Alberto war ihr deutlich zu alt, aber es hatte ihr sehr viel Spaß gemacht, ihn zu provozieren. Alberto, der Mann, welcher vor kurzem noch mit der berühmten Aurelia Arabica geschlafen hatte, zeigte ganz offensichtlich Interesse an Gianna. Geschmeichelt und stolz auf die eigene Verführungskraft, schlief Gianna zufrieden lächelnd ein, während Luna sich im Bett nebenan unruhig hin und her wälzte.

Ein wenig später kam Alberto von seinem Venedig-Besuch ins Hotel zurück. Mit dem Zustand seiner Immobilie war er, trotz der ach so langen Mängelliste, sehr zufrieden. Nach deren Besichtigung hatte er anschließend an einem Außentisch eines kleinen Restaurants, direkt am Canal Grande, den Blick auf die Rialto Brücke genossen. Dazu ein paar Gläser Pinot Grigio und eine Portion Saltimbocca alla Romana. Perfekt. Nur die einleitenden Antipasti schmeckten nicht so recht. Das meiste hatte er einfach auf dem Teller liegengelassen. Alberto hatte den ganzen Tag kaum noch an die einschüchternde Milliardärin Giulia D. gedacht. Mit überraschend großer Gelassenheit erwartete er völlig in sich ruhend ihre weitere Reaktion. «Ich lasse mich doch nicht derart einschüchtern, dass ich von mir aus in der Preisvorstellung nach unten gehe», dachte er entschieden. Müde, aber vergnügt und ausgeglichen, lag Alberto nun im Bett und schlief ungestört ein. So verpasste Alberto den einsetzenden

Kopfschmerz. Und von Kate und Rogers Aktivitäten bekam er gar nichts mit.

Niemand war überrascht, als Alberto am nächsten Morgen beim Frühstück fehlte. Gianna, Luna, Marcella, Anna, alle hatten sie an diesem Morgen Kates abermaliges lautes Stöhnen auf ihrem Weg zum Frühstückssaal gehört, und wie immer Alberto dafür verantwortlich gemacht. Nun frühstückten die vier Frauen gemeinsam. Die beiden frechen Studentinnen bemerkten Luisas zugeknöpfte Bluse. Luisa wirkte etwas traurig, fand Gianna. So wie die Bananen, welche unberührt im Korb liegengeblieben waren. Nun, Luisa war eher eifersüchtig als traurig. Auch sie hatte das laute Stöhnen gehört, als sie vor wenigen Minuten auf der obersten Etage den Papierkorb ausgetauscht hatte. Und sich gefragt, ob Alberto nun die dritte Frau innerhalb kürzester Zeit beglückte. Oder die zweite. Luisa war nicht sicher, ob Anna wirklich für ihn die «Beine breit» gemacht hatte, wie es ihre Freundin Marcella formuliert hatte. Konkrete Pläne für den Tag hatte noch keine der vier Urlauberinnen. Man wollte sich treiben lassen, die Freizeit genießen, vielleicht ein wenig auf Burano herumspazieren, Fotos machen und so weiter.

Etwa zu dieser Zeit erwachte auch Alberto, vermutlich wegen des lärmenden Sex, der nur eine Zwischenwand von ihm entfernt stattfand. Alberto fühlte sich miserabel. Richtig elend. Als er sich im

Badezimmer erbrach, kam Kate nebenan zum zweiten Mal an diesem Morgen.

Genervt quittierte Alberto diese neuerliche Lärmattacke und klopfte gegen die Wand zur Nachbarsuite.

«Nehmt euch ein Zimmer, ihr Schweine!»

Ginge es ihm nicht so dreckig, wäre Alberto von selbst darauf gekommen, dass die Nachbarn sich ja bereits ein Zimmer genommen hatten. Diese Übelkeit! Schlapp, müde und genervt von den nachbarlichen Störgeräuschen legte er sich wieder ins Bett. Zum Glück hatte Alberto am Tag zuvor nur ein oder zwei Bissen von den schlechten Antipasti genommen und würde schnell wieder fit werden. Doch diesen Tag sollte er komplett verschlafen.

Die vier Marktweiber

Und so entging Alberto, wie das Gerücht um seine spektakuläre Liebesnacht mit der Schauspielerin Aurelia Arabica auf der farbenfrohen Insel Burano weitere Kreise zog. Insbesondere das am Vorabend ausgestrahlte Kurzinterview mit der attraktiven Schauspielerin erhitzte die, überwiegend weiblichen, Gemüter. Und Gianna und Luna sorgten zudem für eine weitere Verbreitung des Gerüchts über die enorme Potenz ihres Hotelnachbarn Alberto.

So tratschten und klatschten auf dem kleinen Markt in der Nähe des Hotels, auf welchem Obst, Gemüse, Textilien und Touristensouvenirs feilgeboten wurden, vier Marktfrauen mittleren bis gehobeneren Alters.

Die Anstachelnde: «Habt ihr gesehen, wie lüstern Aurelia Arabica bei ihrem Interview gekuckt hat? Sie muss den Sex mit ihrem Liebhaber *sehr* genossen haben, und das hier auf unserer Insel!»

Die Geheimnisverräterin: «Ja, wie aufregend! Kennt ihr übrigens ihren Liebhaber? Der sie in einer Nacht viermal bestiegen hat? Ich weiß, wer er ist! Er heißt Alberto, das weiß ich von Serafina. Die arbeitet doch im Hotel. Das ist dieser Mann, der meistens allein an einem der Tische vor dem Hotel isst oder Wein trinkt. Ihr wisst schon, der, der nicht arbeiten geht. So Ende 30 oder Anfang 40.»

Die Verblüffte: «Ach *der!* Das traut man ihm gar nicht zu.»

Die Neidische: «Man hört ja, dass dieser Alberto schon mehrere Frauen vernascht hat. Immer die ganze Nacht lang, bumm, bumm, bumm! Die anderen Hotelgäste können schon gar nicht mehr schlafen.»

Nur ein Beispiel unter vielen. Die skandalös sündige Nacht der Schauspielerin Aurelia Arabica mit dem unglaublichen Alberto wurde *das* Gesprächsthema auf Burano. Hinter mehr oder weniger vorgehaltener Hand. Natürlich streng vertraulich, versteht sich.

So kreisten die heimlichen Gedanken auf Burano fast nur noch um Sex. Mit einer bis dato nie dagewesenen Intensität, gerade so, als wären alle Leute auf Burano zu Figuren einer lächerlich absurden, völlig grotesken und obendrein unzumutbar verdorbenen Kurzgeschichte geworden. Die einzigen, die nicht permanent an Sex dachten, waren die Praktiker Kate und Roger, welche diesen Tag nutzten, um Buranos buntes Stadtbild ausgiebig zu erkunden. Immer händchenhaltend, glücklich verliebt, scherzend, lachend, ihre gemeinsame Zukunft im Blick. Sie lebten ihre glückliche, gesunde Beziehung, welche den beiden unzählig mehr Freuden zu bieten hatte als nur den Sex. Wie die meisten amerikanischen Touristen sahen sich Kate und Roger schnell an Buranos bunten

Häuserfassaden und pittoresken Wasserkanalstraßen satt und checkten bereits vor dem Abendessen aus, um ihr neues Quartier direkt in Venedig zu beziehen. So wurden sie von den anderen Hotelgästen auf Burano überhaupt nicht bewusst wahrgenommen. Niemand kam auch nur im Ansatz auf die Idee, dass in Wahrheit eben nicht Alberto, sondern Roger der sensationelle Liebhaber gewesen war. Selbst Luisa kam nicht auf diesen Gedanken, obwohl sie es eigentlich hätte wissen müssen.

Auch gegen Ende dieses Tages aßen die beiden Grazien und die zwei frechen Studentinnen gemeinsam zu Abend, wobei sie sich fragten, wer denn die beneidenswert glückliche Frau gewesen war, die Alberto so oft und gekonnt verwöhnt hatte. Heute Abend waren keine Geräusche aus der Suite in der obersten Etage zu hören gewesen. War Alberto etwa nun wieder frei, um von der nächsten Frau verführt zu werden? Zumindest die beiden Grazien Marcella und Anna hofften sehr darauf.

Jagd auf Alberto

Um der stickig geworden Luft seiner Suite zu entfliehen, beschloss Alberto am nächsten Tag, als er sich nun endlich wieder deutlich besser fühlte, einen kleinen Spaziergang zu machen.

«Wie schön, dass ich nicht mehr als Angestellter im Büro angekettet bin wie ein elender Sklave», dachte Alberto mit einer Mischung aus Erleichterung und innerer Zufriedenheit, als er gemütlich an den Booten und kleinen Souvenir-Geschäften der Hauptstraße entlangschlenderte und entschied, die kleine Brücke über den Meerwasserkanal zu nutzen, um in Richtung des Marktes zu spazieren. Dort herrschte, wie meist, geschäftiges Treiben. Eine Mischung aus Touristen, aber auch Einheimischen Insulanern bevölkerte den kleinen Marktplatz. Die Einheimischen schätzten insbesondere die mitunter sehr günstigen Angebote der Obst- und Gemüsestände. Auch Alberto kaufte dort gelegentlich Zitrusfrüchte, die vom Markt einfach besser schmeckten als die im Hotel angebotenen. Gewohnheitsmäßig steuerte auf seinen Lieblingsstand zu, der von einer verwitterten alten Dame, aber auch einer schönen rothaarigen Frau, vermutlich die Tochter der Alten, betrieben wurde. Immerhin kannte sie Albertos Vornamen, aber ansonsten schenkte ihm die schöne Rothaarige mit den sinnlichen Lippen und der frischen, leuchtenden Haut meist keine Beachtung. Umso überraschter war Alberto, als er ihr wunderschönes Lächeln sah und ihre Augen zum allerersten Mal direkt in die seinen blickten. Alberto überlegte sich, vielleicht zwei oder drei Orangen zu kaufen und trat näher.

«Wir haben heute besonders schöne Zucchini bekommen, Alberto», versuchte die Verkäuferin Alberto zu animieren.

Zweifellos eine simple, aber effektive Methode, überlegte Alberto. Eine schöne Frau lächelt verführerisch und dreht einem Mann Zeug an, das dieser gar nicht zu kaufen beabsichtigt hatte.

«Nein danke», sagte Alberto, freundlich ihre Verkaufstaktik im Keim erstickend. Doch die schöne Verkäuferin ließ nicht locker, und präsentierte ihm ein Zucchino.

«Sehen Sie doch, der ist noch überhaupt nicht weich», sagte sie und zwinkerte ihm frech ins Gesicht, während sie mit der rechten Hand den Zucchino sanft umfasste.

«Und so schön dick!», ergänzte sie mit einem erneuten Zwinkern, als plötzlich die verwitterte Alte zu einer Schimpftirade anhob:

«Madonna! Wenn du noch einmal so schamlos mit der Ware spielst, kannst du etwas erleben!»

Alberto setzte seinen Spaziergang fort und begegnete einige Minuten nach der Zucchino-Affäre drei jungen Fischerinnen, die an den Fangnetzen ihrer

Boote arbeiteten. Gerade als er die schwer schuftenden Frauen passiert hatte, rief ihm eine der Fischerinnen hinterher:

«Ciao bello! Sexy Knackarsch!»

Neugierig drehte sich Alberto um und warf einen Blick auf die johlenden Fischerinnen, die ihm nun hinterherpfiffen. Eine kräftige blonde hielt lachend einen Zollstock in die Luft und rief ihm frivol zu:

«Na, wie viel hast du denn in der Hose, süßer?»

Wort- und Grußlos verabschiedete sich Alberto von den lachenden Fischerinnen. Er hatte nicht viel Zeit, um über ihre plumpen, eindeutigen Kommentare nachzudenken, denn sein Smartphone vibrierte und vermeldete, dass die Milliardärin Giulia D. ihn sehen wollte. Sofort. Vielleicht würde Alberto nun endlich sein Immobiliengeschäft abschließen können. Auf jeden Fall musste er zurück ins Hotel, um frisch zu duschen und einen guten Anzug anzuziehen. Für die Fahrt nach Venedig würde er die Dienste der sportlichen Isabella beanspruchen.

Als Alberto etwas später hinter Isabella auf dem Motorboot saß, die seine Augen auch heute mit String-Tanga-bekleidetem Po verwöhnte, stieg in Alberto wieder das eingeschüchterte Ehrfurchtsgefühl gegenüber der Milliardärin Giulia D. auf. Und die Nervosität. Er konzentrierte sich. Er wollte, nein, er *musste* sich geistig auf das Gespräch mit der milliardenschweren Kaufinteressentin vorbereiten. Alles sollte perfekt werden. Derart in Gedanken nahm Alberto überhaupt nicht wahr, wie die sportliche Isabella in ihrer üblichen, hinter dem Steuer stehenden Pose, mit wehenden Haaren laut über die Motorengeräusche hinweg rufend anbot:

«Das ist ja heute unser zweites Date. Du weißt ja, was beim dritten Date alles möglich ist. Dann darfst du gerne mit mir schlafen!»

Alberto nahm noch nicht einmal Notiz davon, wie er genau den Weg in das erschütternd prunkvolle Büro der Signora Giulia D. wiedergefunden hatte. Gedanklich war er so sehr um eine gute Gesprächsvorbereitung bemüht, dass sein Körper den Weg in das Büro automatisch und unbewusst von selbst zurückgelegt zu haben schien. Wie beim letzten Mal stand er wieder zittrig und nervös vor der dominanten Milliardärin, die seine Augen mesmerisierend fixierte und forderte:

«Bitte drehen Sie sich einmal um die eigene Achse!»

«Wie bitte? Wie könnte auf diese Weise mehr Licht in unser Immobiliengeschäft kommen?», fragte er irritiert und verunsichert.

«Natürlich muss ich, wenn es wirklich zu einem notariell beglaubigten Vertrag zwischen uns beiden kommen soll, mehr von ihnen wissen. Viel mehr! Wie soll ich denn sonst zur Überzeugung gelangen, Sie wären ein vertrauenswürdiger Geschäftspartner?», herrschte ihn die Milliardärin vom Monster aus Mahagoni an. Alberto fügte sich ihrer Dominanz und drehte sich einmal.

«Nicht gerade sportlich, nun ja. Aber wir kommen ins Geschäft, wenn Sie einmal mit mir schlafen. Lassen Sie sich von meinem Sekretär meine

Privatnummer geben. Rufen Sie mich erst dann an, wenn Sie dazu bereit sind. Ich wünsche Ihnen einen guten Tag.»

Schmerzlich wurde Alberto bewusst, wie sehr er im Büro der Milliardärin genötigt und erniedrigt wurde. Seine Freude über die überstandene Übelkeit war dahin. Genau wie seine Vorfreude über einen möglichen lukrativen Immobilienverkauf. Sein Wissen um die Tatsache, dass es vielen Männern so ging, wie ihm gerade, half nicht im Geringsten. So zog sich Alberto verletzt und gekränkt zurück. Am allabendlichen Essen vor dem Hotel auf Burano nahm er auch an diesem Abend nicht teil.

In Wirklichkeit verhält es sich doch genau andersherum

Auch die beiden frechen Studentinnen Gianna und Luna nahmen das Abendessen nicht im Hotel auf Burano ein, sondern in Venedig, wo sie den Urlaubstag verbracht hatten. Die geführte Touristentour durch Venedigs Sehenswürdigkeiten hatte ihnen viel Spaß gemacht. Und wann immer Venedigs berühmter Bewohner *Casanova* von den Reiseführern erwähnt wurde, kicherten sich Gianna und Luna amüsiert an und dachten an Alberto.

Nur die beiden Grazien Marcella und Anna dinierten vor dem Hotel auf Burano. Als die beiden später nebeneinander in ihren Betten lagen, gestand Marcella ihrer Freundin Anna:

«Ich denke sehr viel an Alberto. Und hätte wirklich große Lust auf eine heiße Nacht mit ihm.»

«Wir wissen ja gar nicht, ob er nun nicht etwa fest an diese andere, unbekannte Frau gebunden ist. Falls nicht, hättest du gute Chancen bei ihm, so wie er bei unserem gemeinsamen Abendessen deine Beine bewundert hat», antwortete Anna.

«Du hättest aber auch sehr gute Chancen bei ihm», entgegnete Marcella und ergänzte lachend:

«Er war sichtlich sehr erregt, als du so schamlos die Sicht auf dein Höschen freigegeben hast.»

Anna lachte über Marcellas scherzhafte Anspielung, war aber vor allem froh zu hören, dass sie realistische Chancen bei Alberto hätte, bis Marcella aus heiterem Himmel fragte:

«Bist du eigentlich ein bisschen verliebt in Alberto?»

«Nein», antwortete Anna ehrlich. «Es geht mir nur um seine fantastischen Fähigkeiten im Bett. Und du?»

«Mir geht es ganz genauso. Er ist nicht so ganz mein Typ. Sicher, er ist ein souveräner Freigeist, aber eine Beziehung mit ihm käme überhaupt nicht in Frage. Aber ich möchte unbedingt mit ihm schlafen», antwortete Marcella ebenso ehrlich und fragte Anna hoffnungsvoll: «Glaubst du, dass es Männer gibt, die genauso gut zwischen Sex und Verliebtheit trennen können, wie wir Frauen? Vielleicht ist Alberto so einer, immerhin hatte er ja innerhalb kürzester Zeit Sex mit mindestens zwei Frauen.»

«Vielleicht ist Alberto tatsächlich so einer. Aber dann wäre er die ganz große Ausnahme in der Männerwelt. Ich weiß, es ist ein altes Klischee, aber Männer sind nun einmal wesentlich weniger an Sex interessiert als wir Frauen. Und sie trennen nicht wirklich gerne puren Sex von der wahren Liebe. Für Männer müssen da schon immer Gefühle im Spiel sein, anders als bei uns Frauen. Das Ganze ist biologisch bedingt, habe ich mal gelesen. Männer kriegen nun einmal keine Kinder, von daher ist ihr

Interesse am Sex, rein biologisch betrachtet, wesentlich geringer ausgeprägt als bei uns Frauen, die wir ja für die Fortpflanzung und den Fortbestand der Menschheit sorgen. Während die Männer ihre Sexualität passiv ausleben, sind wir Frauen die aktiven *Jägerinnen*, auf der Jagd nach den Männern, um die biologische Fortpflanzung zu sichern», referierte Anna und fasste somit die Geschlechterrollen der Welt, in der sie alle lebten, sehr treffend zusammen.

«Könntest du dir vorstellen, dass wir beide gemeinsam mit Alberto...? Du weißt schon, was ich meine», fragte Marcella, sehnlich auf eine zustimmende Antwort von Anna hoffend.

«Klar kann ich mir das vorstellen. Weißt du noch, als wir vor sieben oder acht Jahren zu dritt mit Javier im Bett waren? Ich finde, es hat unserer Freundschaft nicht im Geringsten geschadet. Sex wird niemals einen Keil zwischen unsere Freundschaft treiben, falls du das befürchten solltest», meinte Anna ehrlich.

Und so schlossen die beiden Grazien vor dem Einschlafen einen Pakt: Sie würden Alberto gemeinsam verführen. Gemeinsam würden sie mit Alberto ein Feuerwerk von Lustexplosionen erleben, so wundervoll wie sie es noch niemals zuvor erlebt hatten. Immerhin waren ihnen Albertos spektakuläre Fähigkeiten inzwischen hinlänglich bekannt. Mit eigenen Ohren hatten sie mehrfach mit angehört, welche grenzenlosen Freuden Alberto zu schenken vermochte. Unfassbare Freuden, die sie selbst auch gerne erleben wollten. Unbedingt!

Hätte Alberto von diesem Pakt gewusst, wäre er begeistert gewesen, denn ganz entgegen dem Klischee, gab es natürlich auch viele Männer wie ihn selbst, die sehr wohl großen Spaß an gutem Sex hatten und problemlos zwischen Lust und Liebe unterscheiden konnten. Aber die Rollenverteilung der Welt war eben eine andere. Und die Männer taten nicht viel, um daran etwas zu ändern. Wozu auch? Wieso gegen ein Geschlechterklischee ankämpfen? Die Rollenverteilung war seit Jahrhunderten in der Welt. Die meisten Frauen glaubten zu wissen, dass Männer eben eher Wert auf Gefühle legten als auf die Befriedigung ihrer Lust. Und so wurde diese falsche Vorstellung in ihrem Gesellschaftssystem zur allgemein anerkannten *Wirklichkeit.*

«Ich habe vielleicht ein wirres Zeug geträumt», gähnte Luna, die wie ihre Freundin Gianna gerade von der morgendlich strahlenden Sonne aufgeweckt worden war. «Ich war Büroarbeiterin und den ganzen Arbeitstag lang haben mir Männer anzügliche Kommentare ins Gesicht geschleudert. Ein paar Kollegen haben mir einen Klaps auf den Po gegeben oder mir doof hinterhergepfiffen, und mein Chef stand hinter meinem Bürostuhl und hat meine Schultern lüstern massiert.»

«Du träumst vielleicht einen Blödsinn! Dabei verhält es sich in der Wirklichkeit ja ganz genau andersherum», reagierte Gianna, nun vollkommen wach. «Wenn wir unseren Universitätsabschluss irgendwann in der Tasche haben, werden wir im Büro arbeiten und mit den männlichen Kollegen spielen können. Naja, nicht mehr so krass wie noch vor Jahrzehnten, als Frauen tatsächlich noch den Männern ganz selbstverständlich im Büro an den Schritt greifen konnten. Schade eigentlich, dass diese Zeit vorbei ist und alle immer mehr nach sexueller Gleichstellung rufen», lachte Gianna. Sie hatte Hunger und freute sich auf ein schönes Frühstück. Vielleicht würde auch endlich mal wieder Alberto auftauchen, dann würde sie ein bisschen mit ihm spielen. Luna dachte ähnlich, als sie unter der Dusche stand.

Viele Happy Ends

Zur gleichen Zeit warf in seinem Mailänder Apartment der hellwache Showbiz Agent «Schrägstrich Manager» einen letzten Blick auf sein Tablet. Schwarz auf weiß formten die Pixel des Displays die astronomische Gage, welche das derzeit populärste Streaming Portal Aurelia Arabica anzubieten bereit war. Längst hatte Fabiano seine Provision berechnet. Trotz des bescheidenen Prozentsatzes würde ein mehr als nur stattlicher Betrag auf sein Konto fließen, wenn sein allerliebster Goldschatz Aurelia zusagen würde. Das Streaming Portal stellte nur eine Bedingung, Aurelias neuerdings geänderten Ruf betreffend. Aber das könnte Aurelia ganz leicht mit einem Presse-Statement aus der Welt schaffen. Natürlich hatte Fabiano längst erkannt, welch geniales Köpfchen Aurelia hatte. Sie würde die passenden Worte finden, besser als jeder Public Relations Profi es ihr jemals diktieren könnte, da war sich Fabiano absolut sicher. Endlich würde Fabiano keine maßangepassten Marken-Anzüge mehr tragen müssen. Diese Massenware, dieser Müll von der Stange, der so beliebt bei seinen Geschlechtsgenossen in der gehobenen Mittelschicht war. Völlig unverständlich für Fabianos Modeempfinden! Nein,

Fabiano würde schon bald nur noch Maßanzüge vom Schneider tragen. Genauso, wie die wirklich wohlhabenden Männer. Aufgeregt und voller Vorfreude leitete er das Angebot an seinen Goldschatz Aurelia weiter.

Luisa hatte ihre Frühstücksgäste heute im Stich gelassen. Die eifersüchtige Hotelangestellte hatte ihre Jagd auf Alberto angesichts der übermächtigen Frauenkonkurrenz nun definitiv aufgegeben. Hätte Luisa über eine funktionierende Glaskugel verfügt, so hätte sie an diesem Tag keinen Grund gehabt, sich krank zu melden, denn bereits wenige Wochen später würde Luisa einen Mann erobern, der wirklich Leib und Seele gab, um sie vollkommen glücklich zu machen. In jeder Hinsicht, auch in sexueller.

So bedienten sich die zwei frechen Studentinnen Gianna und Luna selbst, was sie gewohnt waren, da Luisa ja im Grunde genommen, mit Ausnahme von Alberto, niemanden bedient hatte. Frech grinsend bemerkten die frühstückenden Studentinnen Albertos Erscheinen. Der maximal potente Lebemann und Liebhaber der berühmten Schauspielerin Aurelia Arabica nickte Gianna und Luna freundlich, aber auch ein wenig verlegen zu, nachdem er sich mit schwarzem Tee, Brötchen, Käse, Marmelade und Melonenstückchen versorgt und an einen zwei Tische entfernten Platz gesetzt hatte. Wieder griff Gianna nach einer dicken Banane, schälte sie und ließ ihre Zunge um die entblößte Spitze der Banane kreisen. Ihre Freundin Luna tat es ihr gleich und verwöhnte ihr ganz besonders langes Stück Obst mit zärtlichen Küssen, bevor sie die jubelnde Banane mit ihren weichen Lippen umschloss. Mit großem Vergnügen bemerkten die zwei frechen Studentinnen die verräterische Regung in Albertos Hose und seinen verträumten Gesichtsausdruck. Der Mann, der vor wenigen Nächten einen berühmten TV-Star glücklich gemacht hatte, zeigte tatsächlich ganz offensichtliches Interesse an Gianna und Luna. Stolz und geschmeichelt beendeten die zwei frechen Studentinnen ihr Frühstück.

Nur wenige Jahre nach ihrem Universitätsabschluss würden Gianna und Luna Karriere machen und zu mächtigen Konzernchefinnen werden. Unter ihnen würden tausende Mitarbeiter arbeiten, die Hälfte davon männlich.

Als Marcella und Anna den Frühstückssaal betraten, verpassten sie Gianna und Luna nur um wenige Sekunden. Ohne sich am Büffet zu bedienen, näherten sich die beiden Grazien Albertos Tisch, begrüßten ihn hinreißend lächelnd und baten um Erlaubnis, sich zu ihm an den Tisch setzen zu dürfen. Begeistert gestatte Alberto den beiden, bei sich Platz zu nehmen. Mit großer Bewunderung nahm er ihre heutige, kaum Frühstückstisch-taugliche Garderobe zur Kenntnis. Die beiden Grazien trugen einen extrem eleganten Hauch von nichts an ihren göttlichen Traumkörpern. Anna setzte sich Alberto gegenüber, Marcella nahm neben ihm Platz. Ohne Umschweife, ohne jegliches Taktieren, legte Marcella sanft eine Hand auf Albertos Oberschenkel und ließ ihren Blick langsam von Albertos Augen hinab auf seinen erregten Schritt wandern. Dort ruhte ihr Blick und sie grinste.

«So viel Kraft in der Hose! Wie aufregend du doch bist, Alberto!»

Obwohl im Zustand allerhöchster Erregung, bemerkte Alberto doch Marcellas Wechsel vom «Sie» zum «du». Und ihm war nicht nur die Erregung gewachsen, sondern auch die Hoffnung, von der wunderschönen Marcella genommen zu werden. Er atmete schwerer und verspürte unglaublich große Lust, die sogar noch ins schier Unendliche gesteigert wurde, als er plötzlich unter dem Tisch Annas nackten Fuß elektrisierend an seinem kurzbehosten Bein hochwandern fühlte. Anna lächelte Alberto verführerisch an, als sie ihren Fuß schließlich fordernd auf seinem Hosenstall absetzte.

«Hart wie Stein!», hauchte Anna bewundernd und Marcella stöhnte Alberto, der nun so erregt war, wie noch niemals zuvor in seinem Leben, verführerisch ins Ohr:

«Verwöhne uns beide, Alberto. Unsere Körper verzehren sich nach deinen Berührungen. Wir brennen vor Lust auf dich!» Derart unrealistisch verführt, wie die männliche Hauptfigur eines billigen Schmuddel-Romans, begleitete Alberto die beiden wollüstigen Göttinnen nach oben.

Überglücklich, unendlich befriedigt und vor Stolz auf seine Manneskraft fast platzend lächelte Alberto *danach* seinem Spiegelbild im Badezimmer seiner Suite zu. Soeben hatte er den ersten Dreier seines Lebens genießen dürfen. Und wie fantastisch, wie sensationell, wie unglaublich gut es doch war! Alberto kam aus dem Staunen über sein Glück nicht mehr heraus. War er soeben tatsächlich mit zwei Frauen gleichzeitig im Bett gewesen? Mit den zwei wunderschönsten aller wunderschönen Traumfrauen? Nach dieser rauschhaft schönen, leidenschaftlichen, vollkommenen, ästhetischen, herrlichen, ekstatischen Zusammenkunft musste Alberto noch lange lächeln.

Zur gleichen Zeit sahen sich die beiden Grazien Marcella und Anna in ihrem Hotelzimmer tief in die Augen.

«Das war ja mal ein wirklich überraschend *kurzes* Vergnügen», meinte die enttäuschte, aber dennoch grinsende Marcella.

«Kurz, weil schon nach einer Minute alles vorbei war, oder meinst du seinen kleinen Alberto?», lachte Anna ihre Enttäuschung weg.

«Beides!», rief Marcella lachend.

Nein, so schlecht war Alberto nun wirklich nicht. Die beiden Grazien übertrieben stark in Punkto Kürze. In beiderlei Hinsicht. Doch waren ihre Erwartungen *davor* so unglaublich himmelhoch, dass ihnen vermutlich kein Mann der Welt hätte standhalten können.

«Madonna! Haben diese verblödeten Streaming-Portal-Idioten keine anderen Sorgen, als *meinen* Ruf?», fragte sich in 1700 Kilometern südwestlicher Distanz die Intelligenzbestie Aurelia Arabica, als sie wie gewohnt direkt in das überdimensional große Glas des Kameraobjektivs blickte, um ihr Presse-Statement vorzutragen, welches sie selbst verfasst hatte:

«Machen wir uns nichts vor. Wir alle wissen, wie es im Showbiz läuft. Mächtige Frauen, insbesondere einflussreiche Produzentinnen, bestimmen über den Verlauf von Karrieren. Auf der Besetzungscouch werden die männlichen Hauptrollen ausgewählt, auf Grundlage ihrer sexuellen Leistung oder ganz einfach aufgrund der Größe ihrer Männlichkeit. Ich bete täglich, dass meine männlichen Schauspiel-Kollegen dies alles wirklich nur einvernehmlich mitmachen.»

Dieser einleitende Teil lenkte die Aufmerksamkeit der Zuschauer plump, sehr plump, von Aurelias Skandal auf einen ganz anderen Skandal, nämlich der Besetzungscouch in Hollywood. Man konnte nach Aurelias Überzeugung gar nicht plump genug sein, wenn man von etwas ablenken wollte. Natürlich würde die Ablenkung nur von vorübergehender Natur sein, aber das sollte vollkommen ausreichen, hatte Aurelia kurze Zeit vor der Aufzeichnung ihres Presse-Statements überlegt. Aurelia fuhr mit höchster Emotionslosigkeit fort:

«Wir Frauen leben, wie allgemein bekannt, gerne unsere Lust aus und haben Spaß an gutem Sex. So läuft es eben in unserem Gesellschaftssystem. Wenn ich nicht als Schauspielerin oder Künstlerin auftrete, bin ich eine private, normale, durchschnittliche Frau. Und in diesen Momenten sollte mich niemand dafür verurteilen, dass ich den gewöhnlichen Gelüsten einer ganz normalen Frau erliege. All dies kann man mir doch sicher nicht zum Vorwurf machen.» Und nun ergänzte Aurelia, ein entzückendes unschuldiges Lächeln aufsetzend: «Aber ich habe einen Fehler gemacht und war während einer leidenschaftlichen Nacht im Hotel zu laut geworden. Familien hätten mich dabei hören können. Dafür möchte ich mich in aller Form entschuldigen.»

«Das war absolut perfekt, Aurelia. Wir brauchen keine zweite Aufnahme. Vielen Dank», rief ihr der Aufnahmeleiter mit größter Anerkennung zu.

«Cazzo! Mach's dir doch selbst, du Honk!», antwortete die galante junge Schauspielerin auf dem Start zu einer atemberaubenden Weltkarriere. Aurelia blieb trotz ihrer extrem hohen Intelligenz zeitlebens immer ein wenig im Verborgenen, was es mit den Geschlechterrollen und Geschlechterklischees auf sich hatte. Sie fand immer, dass jede Frau, aber auch jeder Mann, ganz einfach so leben und lieben sollte, wie sie oder er es wollte.

«Ich scheiß' auf eure dämlichen Klischees und Geschlechterrollenvorbild-Zwangsjacken», dachte Aurelia und überlegte gewissenhaft, an welche

Hilfsorganisationen sie ein Viertel ihrer künftigen astronomischen Gage spenden sollte.

1700 Kilometer nordöstlich entschied Alberto, das unmoralische Angebot der Milliardärin Giulia D. auszuschlagen. Alberto wollte sich seine Freiheit bewahren, auch wenn dies zu Lasten seines erhofften Verkaufserlöses ging. Zufälligerweise stellte er nur wenige Tage später Kontakt zu einer anderen Interessentin her. Sie waren nach einer gründlichen Besichtigung der venezianischen Immobilie sofort einig und leiteten alle weiteren Schritte ein. Alberto kehrte Venedig und Burano den Rücken, mit Ausnahme eines einzigen Notarbesuchs, für immer. Ob er jemals wieder als Angestellter gearbeitet hat, ist leider nicht bekannt.

Die Gerüchte um Alberto auf Burano hatten sich so sehr auf der kleinen Insel gefestigt, dass aus ihnen ein neues Stück *Wirklichkeit* geboren wurde. So glaubten die Frauen auf Burano noch sehr lange an die Geschichte vom weltbesten Liebhaber, der vor dem kleinen Hotel am Tisch saß, Wein und Pasta konsumierte, und allnächtlich eine andere Frau so unglaublich glücklich machte, wie nur er, *Alberto*, es konnte.

So geschah es, dass lange Zeit nach Albertos Rückzug von Burano, ein relativ junger Mann, frisch geschieden und wie er selbst zu sagen pflegte, «für alle Zeiten fertig mit den Weibern», im Hotel Quartier bezog, um sich nach Scheidungsschlammschlacht auf der farbenfrohen Insel die Wunden zu lecken und endlich wieder auf fröhlichere Gedanken zu kommen. So setzte er sich an einem besonders sonnigen und heißen Tag an einen der Tische vor dem Hotel und trank ein Glas Rotwein. Ihm gegenüber saßen vier unglaublich attraktive junge Frauen mit wunderschönen, glatten Beinen unter luftigen Röcken.

«Darf ich nochmal nachschenken, Alberto?», fragte Luisa freundlich, bevor sie sich wieder ins Hotel zurückzog.

Eine der ihm gegenübersitzenden Frauen war aufgeschrocken:

«Sie heißen Alberto?»

«Ja, ich *bin* Alberto», bestätigte Alberto selbstbewusst.

«Wie schön, Sie kennenzulernen», antworteten die vier Traumfrauen fröhlich im Chor und lächelten ihn verführerisch an. Auch Alberto lächelte, als er mit den vier wunderschönen Göttinnen in seiner Suite verschwand. Die Frauenwelt hatte ihn wieder. Er verwöhnte die vier Frauen so gut, wie es *Albertos* Ruf entsprach, selbst wenn dieser auf nichts anderem als unglaubwürdigen und aberwitzigen Zufällen, Missverständnissen und Gerüchten beruhte. *Denn dies war die Wirklichkeit.*

F I N

Inhaltsverzeichnis